KB067924

시간여행 가이드, 하얀 고양이

시간여행 가이드,
하얀 고양이

이상권 장편소설

특별한서재

차례

어느 날 시간여행 가이드가
찾아왔다

    달은 하늘의 시간을 힘겹게 순례하고 있었다. 이미 절정이 지난 터라 날마다 쪼그라들고, 살빛은 핏기마저 잃어가고 있었다. 박선은 그 고독한 순례자의 뒷모습을 상상하다가 개 짖는 소리를 들었다. 놀랍게도 그들의 언어가 다 이해되었다.

"고양이다!"

"겁 없이 우리 구역에 나타나다니!"

"따끔한 맛을 보여줘야 해!"

    박선은 몽환적인 상상을 하다가, 개들이 이쪽으로 달려오고 있다는 사실을 깨달았다. 개들은 끈적거리는 타액이 뒤섞인 몹시 흥분된 언어를 그악스럽게 토해냈다. 무리를 지휘하고 있는 놈은 진돗개였고, 골든 레트리버와 푸들 그리고 시추와 삽

살개까지 목소리만으로도 그들의 정체를 예측할 수 있었다.

대체 고양이가 어디 있다는 거지?

박선은 은연중에 두리번거렸다. 주택가 골목에서 고양이가 숨어 있을 만한 여백을 찾기란 쉽지 않았다. 십여 미터 앞에 회색 승용차가 있을 뿐. 박선은 날마다 보던 그 차가 오늘따라 낯설다고 중얼거리다가

"저놈 잡아랏!"

조금 전보다 데시벨이 훨씬 강렬해진 진돗개의 목소리가 온몸을 흔들었다. 어처구니없게도 개들의 야광 눈빛은 죄다 박선을 조준하고 있었다. 저것들이 미쳤나! 입을 딱 벌리고 당황하던 박선은 저도 모르게 달아나기 시작했다. 몸에서 묘한 탄력이 느껴졌다. 별로 힘을 주지 않아도 온몸이 앞으로 튕겨나가는 가속도가 느껴졌으니까. 박선은 어려서부터 빈혈 같은 잔병을 달고 살아서 체육활동을 유독 싫어했다. 그러니 지금 이 순간에 그때 친구들이 있었다면

"허걱! 박선이 빛의 속도로 달리다니, 믿을 수가 없다!"

고개를 절레절레 흔들어댔으리라. 박선은 회색 승용차 밑으로 기어들고 나서야 숨을 할딱이면서 두리번거렸다. 승용차 밑바닥이 보였다. 자동차 바퀴도 눈에 들어온다. 그와 동시에 오줌 냄새가 코를 찌르면서 텃세를 부린다. 박선은 진저리치면서도 오줌을 뿌린 상대를 정확하게 떠올렸다. 그놈은 아침

저녁으로 박선네 마당을 기웃거리던 암컷 까만 고양이였다.

'아니, 오줌 냄새만 맡고도 상대를 알 수 있다니, 이거 미친 거 아냐!'

박선은 머리를 툭 치다가, 제 발을 보았다. 세상에나! 그건 고양이의 발이었다. 이런 순간이라면 누구나 먼저 꿈을 떠올릴 것이다. 그렇지 않고서야 이런 상황을 납득할 수 없을 테니까.

오늘은 지섭의 열일곱 번째 생일. 박선은 은근히 오늘을 기다렸다. 선물 때문이다. 언젠가 지하철에서 지섭이랑 체형이 꼭 닮은 어떤 청년이 중절모자를 쓴 것을 보았는데, 어찌나 잘 어울리던지 그 시선 강탈자에게서 눈을 뗄 수가 없었다. 그때부터 지섭의 생일을 기다렸던 것이다.

지섭은 핑크색이랑 청색 모자 선물을 보더니

"박선, 나 이거 진짜 쓰고 싶었어. 올해 핼러윈 데이 때 이거 쓰고 나타날게."

어찌나 감동을 받았는지 입 안에서 진짜 단물이 흘러나올 것만 같았다.

"야, 잘 어울린다! 레알, 시강이야!"

박선은 지섭이 예상보다 더 좋아하자 마음이 흐뭇해졌다. 그러면서도 그가 친구라는 경계를 넘어설까 봐 은연중에 긴장하기도 했다. 그래, 지섭이는 그냥 좋은 친구일 뿐이야 하고.

박선은 소심하고 예민한 아빠의 A형 유전자보다 매사에 긍정적인 엄마의 O형 유전자가 더 강해서, 초등학교 6학년 초까지 거침없이 살았다. 박선에게는 여섯 명의 친한 친구가 있었다. 그들 모두 취향과 성격, 취미, 꿈이 다 달랐다. 달라도 달라도 너무 다른 아이들이 세상에서 가장 소중한 친구가 될 수 있는지, 그저 신기할 따름이었다. 어떨 땐 보기 싫다고 막 소리치고 싶을 정도로 밉다가도 어떨 땐 장단이 너무 잘 맞고, 그냥 같이 있기만 해도 편하고, 마주 보고만 있어도 웃음이 나오는 관계! 그것이 친구가 아닐까. 박선은 어린 나이에도 친구들 생일이 되면 '영원'이라는 말을 사용하면서 부모님 못지않게 절대적인 가치를 부여했다. 그만큼 친구들이 중요했으니까.

그랬으니, 그런 절대적인 믿음의 균열을 어디 상상했겠는가.

친구들 중에서 센터 역할을 하는 아이가 글짓기 대회에서 상을 받은 박선을 시기하자, 어찌 된 영문인지 다른 친구들까지도 그녀랑 거리를 두기 시작했다. 처음에는 장난인 줄 알았다. 그전에도 그런 일이 더러 있었기 때문이다. 하지만 이번에는 그 서슬이 너무 달랐다.

그들의 조직적인 눈빛, 조직적인 말투, 조직적인 웃음 앞에서 박선은 무기력하게 자기 말을 삼켜야만 했다. 저항할 수 없는 공포, 저항할 수 없는 불안이 몸을 마비시켰다. 소름 끼쳤다. 순한 눈동자가 뿌리를 내린 아이들 몸속에 악마가 숨어 있다는 사실을, 그때 처음 깨달았다.

그때부터 박선은 공부에 전념하여 그들을 크게 앞질렀다. 하지만 아프게 파고드는 외로움을 감당할 수 없었고, 오히려 눈치 보는 버릇만 생겼다. 누군가를 만날 때마다 달아날 곳부터 생각하는 버릇, 새로운 사람을 만나면 적당히 거리 두는 버릇. 상대가 느끼지 못할 만큼, 적당히, 그렇게. 뭐라 표현할 수 없는 내면의 혼돈이었다. 날이 갈수록 소심해질 뿐이었다. 또래 특유의 호기심도 생기지 않았다.

그러다가 중학교 2학년 때, 지섭이라는 남자아이를 만났다.

박선은 마을 도서관에 갔다가 과학책을 읽고 토론하는 청소년 동아리 '숲의 엔트로피'를 알게 되었다. 거기서 만난 지섭은 190센티미터가 넘을 정도로 큰 키에다 몸집까지 우람해서 씨름 선수를 연상시켰다. 늘 삐질삐질 땀이 흐르는 그의 얼굴을 보면 이상하게도 육고기의 비린내가 풍겼다. 게다가 그 육중한 체구가 한순간에 녹아내릴 듯한 불안감마저 들어서 처음에는 말도 하지 않으려고 하였다. 그래도 모임을 하다 보니 어느새 친해졌다. 어쩌면 편하다는 표현이 가장 적절할지도 모른다. 진짜 편했다. 왜 그런 것 같냐고 누군가 묻는다면, 역설적이게도 지섭이 여자가 아니라서 그렇다고 대답할 것이다. 그리고 내 취향이 아니라서. 그렇다. 지섭이 자신의 취향이 아니

므로 엮일 걱정도 할 필요가 없어서, 그것이 편하고 좋다는 뜻이다.

박선은 그와 헤어져 마을버스를 탄 뒤에도 그런 생각을 했다. 그러다가 실버타운 앞에서 정차벨을 눌렀고, 차가 멈추자마자 "감사합니다!" 하고 운전수한테 인사를 했던 기억까지 떠올랐다. 그렇다면 마을버스에서 잠을 자지 않았다는 뜻이고, 지금 고양이로 변한 것도 꿈은 아니라는 뜻이다. 이게 말이 되는가.

"어때, 고양이가 된 기분이?"

여자 목소리였다. 약간 허스키한 듯하면서도 추임새처럼 가르랑거리는 목소리는 가늘었다. 아무튼 박선은 눈앞에 하얀 고양이가 나타나자,

"내가 고양이가 된 거야?"

은연중에 눈에다 힘을 주었다. 눈이 파란 탐조등처럼 빛났다.

상대도 파란빛을 뿜어내면서 성큼성큼 걸어와서 조금도 망설임 없이 자기 볼을 박선의 얼굴에다 비벼댔다. 상대의 부드러운 털 감촉이 느껴졌고 생전 처음 맡아보는 냄새가 풍겼다. 승용차 뒷바퀴에서 풍기는 냄새만큼 자극적이지는 않았다. 누린내와 풀 냄새 그리고 물비린내가 섞인 듯한.

생전 처음 겪어보는 그런 인사가 나쁘지 않았다.

"이 순간만큼은 너도 진짜 고양이야."

당연히 그 고양이는 고양이들 언어로 가르랑거렸다. 박선은 귀에 특수 번역기라도 장착한 듯이 그 말을 다 알아들을 수 있었다.

하얀 고양이는 까만 줄무늬가 등과 배에 얼룩져 있었다. 그제야 박선은 자기 몸을 보았다. 하하, 노란 털옷을 입고 있었다.

하얀 고양이는 쫑긋 세워진 귀를 몇 번 움직이더니 자기를 따라오라고 하고는 승용차 밑에서 빠져나갔다.

자동차 밑에서 나오자 빗방울이 떨어졌다. 어둠 속으로 떨어지는 빗방울 하나하나가 선명하게 잡혔다. 그런 빗속으로 걸어도 박선은 비를 맞지 않았으니, 이런 현상을 어떻게 이해해야 할지 몰라서 한동안 멍하니 하늘을 올려다보았다. 지친 달도 보이지 않았다. 그악스럽게 짖어대면서 쫓아오던 개들도.

"우린 지금 3일 전, 네 시간 속으로 들어와 있어."

"그게 무슨 말이야?"

당연히 박선의 입에서 튀어나온 말도 고양이들의 언어였다. "캭, 캬악, 냥" 하고 고양이들의 언어를 능숙하게 뱉어내고 있었다.

박선은 하얀 고양이의 말을 이해할 수 없었다. 게다가 이곳은 박선네 집으로 가는 골목도 아니었다. 이곳은 자작나무 숲으로 유명한 마을 도서관 앞 공원이다. 지섭이랑 보미가 파라솔 모양의 우산을 쓰고 공원 샛길로 사라지는 것을 보니, 3일 전으로 들어왔다는 말이 맞다.

3일 전, 마을 도서관에서 숲의 엔트로피 모임이 있었다. 그날도 종일 비가 오락가락했다. 박선은 모임이 끝나자 지섭에게 생일날 보자는 말을 하고는 도서관 입구에서 똑바로 뻗은 큰길을 따라갔다. 그러다가 뭔가 이상한 느낌에 끌려 뒤돌아보았다. 순간 강력한 비바람이 무력시위를 하였고, 반대편 샛길로 지섭이랑 보미가 파라솔 우산을 쓰고 가는 뒷모습이 포착되었다. 순간 자꾸만 발을 헛딛는 기분이었다. 질투심 때문일까. 박선은 애써 아니라고 웃으면서, 지섭은 좋은 친구이지만 내 취향은 아니라고, 집에 와서도 거울을 보고 몇 번이나 중얼거렸는지 모른다.

보미는 키가 작고 귀여운 얼굴이라서 초딩 같다는 말을 자주 들었다. 당사자는 그것 때문에 스트레스라고 투덜거렸지만, 벌써부터 아저씨 같다는 말을 무시로 듣고 있는 지섭은 은근히 부러워했다.

박선은 나이가 같아서 그런지 보미와 편하게 만나는 편이었다. 그럼에도 불구하고 누군가

"보미, 쟨 어떤 애야?"

하고 묻는다면

"나도 몰라!"

그 말밖에 할 수 없었다. 둘은 그런 사이였다. 자주 연락하고, 가끔은 소나기가 유리창을 때리듯이 요란하게 수다를 떨어대지만 정작 서로의 속내를 전혀 보여주지 않는 그런 관계.

박선은 3일 전 시간이 그대로 재생되는 것을 보면서

"왜 하필 이런 장면을 보여주는 거야? 나한테 뭘 말하고 싶은 거지?"

은연중에 따지는 말투가 되어버렸다. 하얀 고양이는 우연히 그런 장면을 보여주게 되었을 뿐 별다른 뜻은 없다고 거듭 해명했다.

"박선, 네가 그 모임을 좋아하니까, 가장 최근에 있었던 모임 날로 돌아가려다 보니."

하얀 고양이가 다시 말을 이어갔다.

"난 시간여행만을 전문적으로 담당하는 가이드, 고선생이라고 해."

"뭐, 시간여행 가이드?"

하얀 고양이는 고개를 끄덕이고는 자기들 세상에서는 누군가에게 도움을 주는 일을 하는 분들을 선생이라고 부르는데, 가이드는 제법 존경받는 직업이라고 강조했다. 그런 말까지 들었으니 고선생이라고 불러줄 수밖에 없었다. 그래도 고양

이는 존댓말은 절대 원치 않는다고 했다. 그냥 친구처럼 지내
자는 뜻이다.

더욱 놀라운 것은, 인간들에게는 몇몇 한정된 말로만 들림
직한 고양이의 말 속에 이토록 다양한 의미가 함축되어 있다
는 사실이었다. 박선의 귀에는 상대가 뱉어내는 "야옹, 가르
랑, 캐악!" 하는 고양이들 특유의 말이 들렸다. 그와 동시에 온
몸이 진동하면서 누군가 동시통역을 하듯이 상대의 말뜻이 전
달되었다. 그것은 구체적인 소리가 아니다. 그냥 작은 진동 같
은 것이다. 그런데도 또렷하게 알 수 있었다.

"고선생이 말하는 '우리 세상'이란 어디를 말하는 거야?"

"사후 세계인데 그곳을 저승이라고도 하지만, 인간들이 알
고 있는 것하고는 전혀 달라. 그곳에서는 인간들뿐만 아니라
이 세상 모든 생명체들이 자유롭게 말을 하면서 살아가거든."

그렇다면 그곳은 옛날 옛날 아주 먼 옛날, 세상 모든 동물들
이 자유롭게 말을 주고받던 옛날 옛날 아주 먼 옛날이 아닌가.
박선은 잠깐 그런 생각을 하다가

"그럼 고선생은 귀신이야?"

그 말에 고선생은 오른쪽 앞발로 자기 수염을 쓰다듬었다.

"뭐, 그런 셈이지. 근데 우리 세상에서는 '귀신'이라고 하지
않고 '자유로운 생명'이라고 불러. 우린 이승뿐만 아니라 4차
원, 5차원, 6차원 같은 세상도 자유롭게 이동할 수 있거든. 하

지만 아직 이승에 살고 있는 인간들은 우리처럼 자유롭게 이동할 수 없다는 거 알지? 박선 네가 다른 시공간으로 이동하기 위해서는, 나처럼 자유로운 시간여행자가 되어야 해."

자유로운 시간여행자라는 말을 들은 박선은 자신이 아기였던 시간 너머, 그 너머 엄마의 배 속에 있었던 그 아득한 근원의 시간이 떠올랐다. 그런 시간 속으로 가보고 싶었다.

고선생은 박선이 마음껏 상상하게 한 다음 다가와서 꼬리로 몸을 툭 쳤다.

"박선, 난 너에게 시간여행자 티켓을 주려고 온 거야. 어떤 의뢰인이 나를 찾아와서, 너를 시간여행자로 선택한 다음 그 티켓을 전해주라고 했어."

"어떤 의뢰인이라고, 그게 누군데?"

박선은 반쯤 중얼거리고 반쯤은 소리 내어 말했다. 고선생은 허공으로, 자기만이 알고 있는 어떤 세상을 향해 눈길을 돌렸다.

"그건 말할 수 없어. 의뢰인이 비밀로 해달라고 했으니까."

고선생은 시간여행을 의뢰하는 분들은 저마다 사연이 있는 분들이라고 하였다. 어떤 갈등 관계를 풀고 싶다거나, 아니면 숨겨진 집안의 비밀을 풀고 싶다거나 뭐 그런 식으로 살아가면서 해결하지 못한 문제들을 풀기 위해서 가이드를 찾아온다는 것이다. 시간여행이야말로 그런 문제들을 풀어낼 수 있는 가장 좋은 기회라고 하면서.

"다만 시간여행은 박선 네가 맘대로 가고 싶은 곳을 골라서 갈 수 있는 게 아니야. 의뢰인과 내가 협의해서 프로그램 즉 여행 코스를 짜는데, 너의 가족으로 한정할 거야."

그 말을 들은 박선은 아주 단순하게도 가족 카톡방을 떠올렸고, 그다음에는 가족 앨범까지 떠올렸다. 엄마 아빠 그리고 박선, 이렇게 세 식구.

"박선, 네 아빠의 과거 속을 여행한다고 치자. 50여 년을 살아오셨으니 그 시간만 해도 엄청나게 길어. 근데 그걸 다 어떻게 돌아다닐 수 있겠니? 불가능한 일이잖아? 그래서 가이드랑 의뢰인이 고심해서 코스를 정하는 거야. 그렇다고 유명 관광지 위주로 돌아다니는 패키지여행을 생각하면 곤란하고, 오히려 네가 꼭 가봐야 할 곳만 돌아본다고 생각하면 돼."

가족이라면 어디까지 포함하는 거냐고 박선이 물었다. 미국에 사는 고모네와 외갓집 식구들도 떠올랐기 때문이다. 고 선생은 박선이 생각하고 있는 모든 관계들이 다 포함된다고 했다. 그러면서 그 어떤 여행보다 소중한 시간이 될 것이라고 확신한다는 눈빛을 보이고는, 공원에서 가장 큰 자작나무 뒤쪽으로 걸어갔다. 신기하게도 자작나무 가지를 덮은 이파리들은 모두 회색이었다. 박선이 고개를 갸우뚱하면서 나무를 돌아가자, 어느새 회색 승용차 밑으로 돌아와 있었다.

"오늘은 그만 갈 테니까 잘 생각해보고 결정해."

박선은 멍하니 있다가 급하게

"고선생! 고선생! 아니, 고양이 가이드! 아니, 고양아!"

하고 쫓아갔는데 보이지 않았고, 개 짖는 소리만이 골목 가득 메아리치고 있었다. 박선은 다시 승용차 밑으로 들어가려다가

"아야!"

하고 소리쳤다. 머리가 차에 부딪혔던 것이다. 그제야 자신이 고양이가 아니라 인간으로 돌아왔다는 사실을 알았다. 박선이 머리를 문지르면서 물러나자, 달려온 개들이 차 밑으로 고개를 들이밀고는 거칠게 숨을 내뿜었다.

"이상하다, 분명히 고양이가 이 차 밑으로 숨었는데!"

"아, 믿을 수가 없어!"

박선은 뒷걸음질을 치면서 왼볼에 볼우물이 패이도록 살그머니 웃다가, 빨간 승용차가 조금 전까지만 해도 회색으로 보였다는 사실을 떠올리고는 멍해졌다.

아빠랑 고모가
쌍둥이로 호적에 올라 있다니!

똑똑똑. 방문을 두드리고, 방 주인이 기척을 하기도 전에 문이 열리면서 엄마가 들어왔다. 한약 냄새가 온몸을 흔들었다. 박선은 심호흡을 한 다음 한약이 든 잔을 들고 단숨에 마셔버렸다. 제발 한약이 효과를 발휘하여 생리가 시작되었으면 좋겠다고 간절히 중얼거리면서.

엄마가 방을 나가자마자 박선은 멍하니 책상을 바라보았다. 책상 좌우측 벽에는 수백 장의 연예인들 사진이 붙어 있다. 초등학교 때 좋아했던 군상들이다. 침대 좌우측에는 디즈니 애니메이션 캐릭터들이 건재하게 남아 있다. 누군가 이 방에 들어오면 초등학생이 기거한다고 생각할지도 모른다. 그러거나 말거나 박선은 신경 쓰지 않는다. 언젠가 엄마가 새로 도배를 해주겠다고 했으나 귀찮은 표정으로 나중에 하자고 했다.

박선은 휴대폰을 들고 인터넷 검색 창에다 '생리가 늦는 이유'라고 써보았다. 다른 사람들이 비슷하게 올린 글들이 여러 개 나타났다. 열일곱 살인데 생리가 시작되지 않아 고민이라면서 어떻게 해야 하냐고 묻는 글이 보였다.

어떤 의사의 답글이 이어졌다. 열일곱 살이라고 해도 신체적 발육이 늦으면 생리가 늦을 수 있고, 유방의 발육 상태, 음모가 자란 정도에 따라서 달라지니까 그런 것들이 정상적이라면 병원에 가서 호르몬 검사를 받아보라고 권했다. 이미 박선이 몇 번이나 받은 검사였다.

머리가 아팠다. 박선은 일부러 소리 높여 노래를 부르다가 친구들 단톡방에 들어갔다. 이럴 땐 친구들이랑 수다를 떠는 것이 가장 좋은 약이다.

박선은 친구들에게 만약 시간여행을 한다면 어디로 가고 싶냐고 물었다.

송지섭: 난 말야, 다윈이 당시에 동물 실험 반대 서명을 하지 않았는데, 그게 궁금하고. 또 아인슈타인이 핵무기 만드는 과정에 어느 정도 개입했는지 알고 싶고.

성보미: 뭐야, 뜬금없이 다윈과 아인슈타인이라니! 야, 너 잘난 체하는 거지?

송지섭: 아냐, 난 진짜 그게 궁금해서.

성보미: 야, 솔직하게 말해!

보미의 언어가 점점 더 직설적이고 강해지는데도 지섭은 주눅 들지 않고 받아쳤다.

박선은 별것도 아닌데 열 내지 말라고 그들을 진정시켰다. 그런 다음 숲의 엔트로피 모임에서 정식으로 시간여행에 대한 책을 다뤄보자고 제안했다. 다들 찬성이었다.

그렇게 카톡방에서 수다를 떨다가 잠이 들었는데, 눈을 뜨자마자 가르랑거리는 소리가 들려서 박선은 얼마나 놀랐는지 모른다. 침대 맨 끝에, 하얀 고양이가 보였다. 앞발은 가슴팍 아래다 숨기고, 뒷발은 배 밑으로 쏙 집어넣은 채 웅크린 자세였다.

고선생이 위아래 송곳니가 다 드러나도록 하품했다.

박선도 노란 고양이로 변해 있었다. 방 안을 몰래 훔쳐보듯이 새어드는 햇살 때문에 박선의 동공은 가느다란 붓 터치처럼 좁혀져 있었다. 그런 눈에 들어오는 방 안이 너무 낯설어서 저도 모르게 가르랑거렸다. 눈에다 이상한 렌즈를 착용한 느낌이다. 연한 핑크빛 커튼이 자기 색을 잃어버린 채 회색으로 보였다. 연두색 침대 이불도 색깔을 잃어버렸다. 아니 다른 방 안의 물건들, 책상이며 책, 가방, 행거에 걸린 옷들, 천장이나 벽에서 와글거리던 숱한 연예인들의 얼굴까지도 자기 색을 잃어버렸다. 가끔씩 연한 청색과 노란색이 눈에 들어오기는 했지만 전체적으로 방 안에 있는 모든 것들은 자기들 특유의 색깔로 보이지 않았다.

어젯밤에 시간여행을 했을 때보다 색깔들이 더 희미했다.

박선은 자꾸만 고개를 흔들었다. 몇 번이나 눈을 떴다가 감았다. 그러다가 생각난 듯 자신이 빠져나온 침대를 보았지만 아무것도 없었다. 유치하게 상상한 인간 박선의 허물 따위는 없었다. 박선의 잠옷도 보이지 않았고, 휴대폰도 없었다. 자신만이 완벽하게 고양이로 변해 있었다.

"고선생, 고양이들 눈에는 이렇게 보이는 거야? 난 핑크색이랑 초록색을 좋아하는데, 그런 색은 도무지 찾아볼 수 없으니."

고선생은 몸을 일으켜서 크게 기지개를 켠 다음 귀를 양옆으로 나란히 눕히고는 가르랑거리면서 고개를 끄덕였다.

"난 인간의 눈으로 세상을 본 적이 없어서 잘 모르겠지만 고양이로 살아오면서 불편하다고 생각한 적이 한 번도 없어. 그러니 너도 곧 적응하게 될 거야."

"다른 건 다 몰라도, 내가 좋아하는 색깔을 볼 수 없다는 것은……."

박선은 그렇게 말을 하면서 순간적으로 다양한 색을 볼 수 있는 인간이야말로 축복받은 동물이 아닐까, 그런 생각을 했

다. 박선이 앞발을 곧추세우고 뒷발을 접어 엉덩이를 침대 이불에다 붙인 채 꼿꼿이 앉아서 쳐다보자

"박선, 생각 좀 해봤니?"

고선생이 물었고,

"공짜로 시간여행을 시켜주겠다는데, 누가 거절하겠어?"

박선은 그렇게 대답하면서도 자기 목소리가 몸속에서 울려 퍼진다는 느낌을 받았다. 마치 몸속에 또 다른 누군가가 대답하는 것만 같았다. 박선은 저도 모르게 혀로 코를 핥았다. 그제야 콧속이 촉촉해지면서 숨 쉬는 게 조금 더 편해졌다.

고선생은 당연히 그럴 줄 알았다고 꼬리를 살랑살랑 흔들면서 침대 밑으로 사라졌다. 따라오라는 뜻이다. 박선은 침대에서 뛰어내릴 때 몸이 깃털처럼 가볍게 느껴졌고, 방바닥을 디딜 때마다 발에서 탄력이 느껴졌다. 특별히 조심하지 않아도 아무런 소리가 나지 않았다. 그러니 걸을 때만큼은 고양이가 직립하는 인간보다 낫지 않을까 하고 생각했다.

고선생이 사라진 침대 밑으로 들어가자, 꽃눈이 풀풀 날리고 있었다. 그곳은 침대 밑이 아니라 전라도에 있는 어느 읍사무소 앞이었다. 읍사무소 정문 옆에는 도무지 나이를 알 수 없는 늙은 벚나무가 거대한 꽃구름을 뒤집어쓴 채 바람에 몸을 흔들고 있었다. 나무는 늙어갈수록 더 아름답게 꽃을 피운다.

젊은 부부가 그 나무 밑에서 잠깐 멈칫했다가 읍사무소 안으로 들어갔다.

"저분들이 박선 네 할아버지랑 할머니야."

키가 작은 할아버지는 여자처럼 예쁘게 생긴 사람이었다. 박선의 기억 속에 벽화처럼 남아 있는 할아버지의 모습이란 치매로 정신이 오락가락하는 미라 같은 모습이었는지라, 저토록 고운 할아버지가 한없이 낯설었다. 그러다가 박선은 그만 헤헤헤 웃고야 말았다. 고양이라서 얼굴에 웃는 표정이 드러나지는 않았지만, 할머니를 보는 순간 보미가 떠올랐기 때문이다. 150센티미터도 안 될 만큼 키가 작은 할머니는 아직도 볼에 젖살이 통통했다. 그래선지 귀엽고 나이가 어려 보이는 보미랑 느낌이 비슷했다.

박선은 두 분의 얼굴을 번갈아 보면서 아빠의 모습을 찾아내려고 했다. 도무지 아빠랑 닮은 유전자의 흔적을 찾아낼 수가 없었다. 박선은 고개를 갸우뚱하면서 그분들을 따라갔다.

읍사무소 안을 보자 흑백 사진 속으로 들어온 기분이었다. 40년이나 50년 전의 시간 속으로. 청색이나 노란색이 흐릿하게 보이기는 했으나 사무실 전체적인 분위기는 회색빛이었고, 사람들의 움직임도 거의 느껴지지 않는다.

할아버지랑 할머니는 출생 신고를 담당하는 공무원 앞으로 갔다. 그 사람은 짧은 스포츠머리에다 얼굴까지 뾰족한데도 첫인상이 편안해 보였다. 얼굴에서 자연스럽게 우러나는 웃음 때문이었다. 그 사람은 할아버지의 이야기를 한 번도 끊지 않고 들어준 다음

"아, 그러니까 3년 전에 아들을 낳았고, 2년 전에 딸을 낳았는데, 어찌어찌하여 출생 신고를 놓쳐서 이제 신고하려고 하는데 괜찮냐고 하는 거죠? 아, 괜찮습니다. 아이 이름이 박훈이고, 딸 이름은 박정이군요. 근데 제 나이로 출생 신고를 하려면 절차가 워낙 복잡하니까 그냥 올해 태어난 걸로 신고하세요. 다만 딸은 내년에 신고해야 할 것 같은데요. 최소한 1년 이상은 터울을 줘야 하잖아요. 아니면 이런 방법도 있습니다. 연년생이니까, 쌍둥이로 호적에 올리는 거지요."

그 말에 할아버지랑 할머니는 잠깐 무슨 말을 주고받더니 그렇게 하라고 고개를 끄덕이고야 말았다.

박선은 근처에서 그들을 지켜보다가 고선생이랑 눈이 마주친 순간

"박훈은 우리 아빠고, 박정은 우리 고모야. 고선생, 나 첨 알았어. 우리 아빠랑 미국에서 사는 고모가 쌍둥이로 호적에 올라 있다는 것을."

"아마, 네 엄마도 모를걸. 예전에는 이런 일이 흔했어. 하도 아기들이 많이 죽어서 일부러 몇 년 늦게 호적 신고를 하는 경우가 많았으니까."

고선생은 앞으로 시간여행을 하다 보면 더 많은 가족사의 비밀을 알게 될 것이라고 하였다. 그러면서 흥미롭지 않냐고 물었다. 보통 인간들 여행에서는 상상조차 할 수 없는 일이라고 웃으면서. 박선은 그렇다고 대답하고는 할아버지 할머니를 따라가려고 했다. 고선생이 오늘 여행은 여기까지라고 막아섰다.

"넌 아직 정식 시간여행자가 아니거든."

박선이 정식으로 시간여행자가 되겠다고 하자, 고선생은 잘 접혀 있는 명함 크기의 까만 종이를 내밀었다. 그것을 펼쳐보니 희미하게 고양이가 그려져 있었다. 그 밑에는 상형 문자와 비슷한 글자들이 새겨져 있었다.

"그게 시간여행자 티켓이야. 시간여행을 하고 싶으면 그 티켓을 꺼내서 나를 부르거나 생각하면 돼. 단, 하루에 한 번만 써야 해. 그 이상은 위험할 수 있어. 인간인 네가 시간여행을 하기 위해서는 시간여행자로 변해야 하는데, 그것은 굉장한 에너지가 소비되는 일이거든."

박선은 꼬리를 말아서 흔들고는 자기도 모르게 그것을 뒤돌아보았다. 입보다 꼬리가 먼저 알았다고 대답한 것이다.

고선생은 읍사무소를 나가자마자 어디론가 사라져버렸고, 어느새 박선은 방으로 돌아와 있었다. 손에는 시간여행자 티켓이 쥐어져 있었다. 티켓을 책상 위에다 올려놓자 고양이 그림이랑 상형 문자도 사라졌다. 티켓이 시간여행자의 체온을 인식할 수 있도록 설계되었음을 알 수 있었다.

식탁에는 밥이 차려져 있었다. 학원에서 일을 하는 아빠는 새벽에 들어와서 오전 11시쯤 일어나다 보니, 아침에는 엄마랑 딸만 앉아서 밥을 먹는다.

박선이 의자에 앉자마자 엄마가 다가오더니 컴퓨터 부팅을 시키듯이 어깨를 누르고는

"오늘 병원 가는 날인 거 알지?"

하고 확인시켜주었다. 박선은 고개를 끄덕이면서 일어났다.

오늘따라 비대면 수업에 집중이 되지 않았다. 고등학교에 입학했지만 한 달도 다니지 않았다. 그러다 보니 반 친구들도 제대로 모른다. 박선은 그런 비정상적인 시간들이 오히려 편하다. 그러니 코로나 상황이 끝나도 이렇게 비대면 수업이 이어졌으면 좋겠다고 생각했는데, 오늘따라 왜 이러는지 모르겠다. 자꾸만 고양이의 눈으로 본 그 흐릿한 세상이 아른거린다.

혹시 나한테 숨겨진 비밀이 있는 건 아닐까?

박선은 비대면 수업을 마치고 엄마랑 차를 타자마자 그렇게 중얼거렸다.

"엄마, 나 태어날 때 어땠어요?"

엄마는 새삼스럽게 그런 걸 물어보냐는 식으로 흘깃 쳐다보

면서도 환하게 웃었다. 누구나 그렇겠지만 엄마는 특히 웃을 때가 예쁘다. 입을 꽃봉오리처럼 벌리고, 양쪽 덧니가 다 드러나도록 한껏 웃는다. 그럴 때면 차가운 듯하면서도 고집스럽게 다져진 얼굴이 부드럽게 풀어지면서 약간 철없는 소녀 같아진다. 엄마는 그럴 때가 가장 예쁘다. 박선도 그렇게 웃고 싶다.

"넌 고생 하나도 안 시켰어. 엄마는 만삭이 되어도 별로 티가 나지 않아 대중교통을 타도 임산부 대접을 받아본 적이 없고, 널 낳기 전날까지 일을 했어. 다음 날 아침에 출근하다가 통증이 와서 곧바로 병원에 간 거야. 그리고 바로 네가 나왔으니까. 널 처음 보는 순간, 그 핏덩이가 빛이 나는 것 같더라."

엄마는 당신 몸에서 나온 생명체가 볼수록 신기하고 뿌듯해서 기분이 황홀했다고, 신비스러운 것을 떠올리는 듯한 표정을 지었다. 박선은 혹시 자기가 모르는, 어렸을 때의 비밀이 있냐고 물었다. 뭐 독특한 버릇이라든가 혹은 아기였을 때 앓았던 병이라든가. 엄마는 차를 출발시키면서 혼자 옹알이하듯이 중얼거리더니

"글쎄, 네가 머리카락이 없어서 걱정했다는 것은 알 테고. 두 돌 지날 때까지 머리카락이 전혀 나지 않아서 얼마나 걱정했는지 몰라. 근데 세 돌 지날 무렵부터 머리가 나기 시작했지."

그거야 박선도 아는 사실이다.

"그리고 넌 유독 바퀴벌레를 좋아했어. 내가 비명을 지르면 네가 와서 황소만 한 바퀴벌레를 잡아서 놀았거든. 나중에는 바퀴벌레가 너만 보면 도망치더구나!"

박선은 바퀴벌레라는 말만 들어도 몸의 통제 시스템이 마비되듯이 움츠러들건만 그런 시절이 있었다니, 그것만큼은 엄마의 말을 신뢰할 수 없었다.

병원에 도착하지 않았다면 엄마는 계속 과거 속을 더듬거리면서 딸의 흔적을 찾으려고 했을 것이다.

진료실에서 만난 여교수는 유달리 턱이 뾰족했으며 눈빛까지도 가늘어서 그 얼굴 자체가 거대한 가시로 보였다.

그녀는 어디 불편한 곳이 없냐고 물었다. 이럴 때마다 박선은 뭐라고 대답해야 할지 몰라 엄마를 보았다. 괜찮다는 말은 엄마의 입에서 나왔고, 그녀는 별로 개의치 않는 표정이었다.

"예에, 호르몬 검사도 정상이고, 신장도 그렇고, 체중도 그렇고. 뭐 다른 신체 발육도 다 정상이니까, 조금 더 지켜보자구요. 그리고 6개월 뒤에 다시 검사를 하고."

6개월 전에 왔을 때랑 거의 똑같은 말이었다. 엄마는 그녀의 눈을 간절한 표정으로 바라다보았다. 그러면서 뭔가 희망적인 말 한 마디라도 받아가야 한다는 의지가 담긴 목소리로 물었다.

"선생님, 괜찮겠죠?"

그 목소리가 떨렸다.

교수는 그런 엄마의 눈빛을 피하더니 박선을 보았다. 역시 무표정했다.

"박선 양, 무엇보다 스트레스를 받지 않는 게 가장 중요해요. 절대 무리하지 마세요."

이번에도 엄마가 알았다고 대답했다.

다음 날 아침이었다. 빗소리에 놀라 평소보다 한 시간이나 일찍 눈을 뜬 박선은, 거의 두 달째 세상을 호령하고 있는 장맛비가 지겹다고 얼굴을 찌푸렸다. 그러다가 하얀 고양이가 준 시간여행자 티켓을 끄집어냈다. 역시 티켓을 만지자마자 고양이 문양이 나타나고 알 수 없는 상형 문자들이 물에서 떠오르듯 새겨졌다. 노란 고양이로 변한 박선은 꼬리를 말아 흔들면서 가르랑거렸다. 그때 거울 속에서 하얀 고양이가 걸어 나오면서 그르렁 소리를 냈다.

"고선생, 안녕? 저번에는 침대 밑에서 기어 나오더니, 오늘은 거울에서 나오네!"

"뭐 그건 중요한 게 아니고, 오늘은 누구의 시간 속을 여행하고 싶니?"

순간 왜 지섭을 떠올렸는지 모른다. 박선은 이내 고개를 흔들었다. 가족이 아니니까 불가능하다는 것을 되새기고는 할아버지의 시간 속으로 들어가고 싶다고 말을 하려는 순간이었다. 어느새 고선생이 꼬리를 내려 바닥을 쓸듯이 흔들면서 거울 속으로 사라졌다. 따라오라는 뜻이다.

박선은 거울 앞에서 몇 번이나 망설였다. 오른쪽 앞발을 들어 살그머니 거울을 터치하자 발이 그 속으로 쏙 들어갔다. 그제야 박선은 거울 속으로, 낯선 곳을 엿보듯이 얼굴을 내밀었다가 하마터면 "지섭아!" 하고 부를 뻔했다. 지섭이가 낮게 읊조리면서 걸어가고 있었다. 놀랍게도 그 노랫소리가 박선의 귀에 들렸다. 중저음의 세련된 목소리였다. 그러고 보니 그의 노래를 들어본 적이 없었다. 지섭이가 저렇게 노래를 잘하는구나! 이렇게 고양이가 되어서야 그런 사실을 깨닫다니, 조금 놀랍기도 하고 한편으로 미안했다. 늘 말로는 좋은 친구라고 하면서 힘들 때마다 그를 불러내서 하소연해댔지만, 정작 그에게는 별로 관심을 갖지 않았던 것도 부인할 수 없는 사실이다.

이윽고 지섭은 아파트 현관으로 들어가서 엘리베이터를 탔다. 엘리베이터 문이 닫혔는데도 박선의 몸은 햇살이나 바람처럼 그 안으로 들어갔다. 바로 옆에서 고양이들이 중얼거리는 소리도 지섭은 듣지 못했다. 고선생은 그것이 시간여행자의 특권이자 묘미라고 했다.

"지금 이곳에서 핵전쟁이 일어난다고 해도 넌 영향을 받지 않아. 우린 지금 지섭의 과거 시간 속으로 들어와 있지만, 넌 현재의 시간 속에 있기 때문이야. 그래서 저번에 시간여행을 할 때도 비가 내렸지만 넌 전혀 비에 젖지 않은 거야."

박선은 여전히 멍한 표정을 짓다가 지섭이 내리자 따라 나갔다. 11층이었다. 지섭이 아파트 벨을 누르자 그의 엄마가 나오더니 혀가 꼬부라지는 소리로 "아드을!" 하고 부르면서 꼭 안아주었다. 저렇게 큰 아이를 낳은 어머니라고는 믿어지지 않을 정도로 작은 체형이었다. 지난번 시간여행 속에서 만난 할머니보다 더 작아 보였다. 몸을 둘둘 말면 지섭의 책가방 안으로 쏙 들어가고도 남을 만큼. 그래도 얼굴에는 생물학적인 유전자가 충실하게 이어졌음을 알 수 있을 정도로 닮은 구석이 많았다.

자연스럽게 중력으로 흘러내리는 긴 생머리는 염색을 하지 않아 거의 흰머리에 가까웠다. 그래서인지 그녀는 또래들보다 훨씬 나이 들어 보였다. 어쩌면 오래된 흑백 사진처럼 보여서 그랬을 수도 있다. 그녀의 옷차림에는 고양이가 식별할 수 있는 색깔이 없었고, 당연히 전체가 실루엣만 드러나는 회색빛이었으니까.

그녀는 지섭에게 오늘 재미있었냐고 물었다. 지섭은 그 또래들 특유의 표정으로

"에에, 그냥, 뭐……."

그러면서 귀찮은 표정을 지었을 뿐. 그녀는 지섭의 방까지 호기심 많은 아이처럼 따라왔다. 박선은 침대를 사이에 두고 양쪽 벽에 있는 책꽂이를 보고는 "꺄악!" 하고 연달아 소리쳤다. 긴 꼬리는 뒷다리 사이로 밀어 넣었다. 저도 모르게 하는 행동이었다. 어쨌거나 아직까지 그렇게 책이 많은 집을 본 적이 없었다. 어렸을 때부터 본 동화책을 비롯하여 청년들이 보는 온갖 문학 작품들, 온갖 과학 서적들이 서로 어깨를 맞대고 빼곡히 들어차 있었다. 박선은 다시금 지섭을 쳐다보았다. 어쩌면 그에 대해서 알고 있는 것은 껍데기뿐일지도 모른다고 생각했다.

그녀는 아들이 나가달라고 몇 번이나 눈짓해도 물러나지 않았고, 기어이 생일 선물로 받은 모자를 그의 머리에다 차례차례 씌워주고는 박수까지 치면서 잘 어울린다고 호들갑스럽게 소리쳤다.

"야아, 박선이 엄마보다 낫네. 우리 아들이 이렇게 모자가 잘 어울리는지 몰랐어. 섭아, 박선이랑 연애하니?"

지섭의 얼굴에 퍼지는 짜증 지수가 한계치를 넘어서고 있었다. 그래도 천성이 착해서 그런지 최선을 다해서 어머니에 대한 예의를 지키고 있었다.

"그냥, 뭐, 에에……. 몰라요. 엄마, 이제 그만! 피곤해요."

지섭이 돌아서면서 얼굴을 찌푸리자 그제야 그녀는 방을 나갔다.

고선생은 지섭이 화장실로 사라지고 나자 박선에게 다가왔다.

"박선, 오늘은 특별히 소중한 손님한테 서비스를 한 거야. 앞으로는 이렇게 일정에 없는 시간여행은 어려울 거야. 알겠지? 나는 의뢰인하고 약속한 대로 여행을 해야 할 의무가 있거든."

"고선생, 고마워. 그럼 이제 날 어디로 데려갈 건데?"

그러자 고선생이 누구의 시간 속을 여행하고 싶냐고 다시 물었다. 박선은 할아버지를 떠올리면서 귀를 뾰족하게 세웠다.

순식간에 어느 병원 복도가 나타났다. 그곳이야말로 온통 회색빛이었고, 다른 색깔은 거의 존재하지 않았다.

꽁지머리 아이가 엄마 아빠 뒤를 따라가고 있었다. 유치원 다닐 때 박선의 모습이었다. 그곳은 할아버지가 치매로 입원하여 생의 마지막 시간을 보낸 요양 병원이었다.

"아버지, 선이 왔어요! 선이가 왔다고요!"

박선의 아빠가 일부러 꽁지머리를 앞세우고 병실로 들어갔다. 꽁지머리는 슈퍼맨처럼 두 팔을 앞으로 씩씩하게 뻗으면서 병실로 돌진했다. 아이는 웃을 때마다 왼쪽 볼우물이 깊게 패여서 마주치는 간호사들마다 귀엽다는 찬사를 받았다. 할

아버지의 눈빛은 이미 다른 세상에 접속하고 있는 것 같았다. 하지만 꽁지머리가 "할아버지!" 하고 소리치자

"우리 선이구나! 선아, 선아, 선아아!"

갑자기 눈동자가 흔들리면서 병실에서 메아리가 칠 정도로 힘이 실린 목소리가 튀어나왔다. 샘물 같은 웃음이 순식간에 할아버지의 얼굴 전체로 번졌다.

"우리 선이는 행복해야 해. 아암, 절대 아프지 말고, 건강하게, 건강하게⋯⋯."

그러다가 아무도 알 수 없는 노래를 부르기도 했다. 거기까지였다.

고선생은 박선의 등을 앞발로 툭 치면서 병실 밖으로 나갔다.

"고선생, 왜 하필 여기로 온 거야?"

"난 그냥 의뢰인이랑 합의한 여행 코스로만 갈 뿐이야."

"할아버지가 치매로 고생하시다가 돌아가셨다는 것은 이미 아는 사실이고⋯⋯. 대체 뭘 알려주려고 이런 곳으로 왔는지 모르겠네."

박선은 두 귀를 뒤로 눕히고 꼬리를 살짝 추켜세웠다. 뭔가 불편하다고 생각한 순간 몸이 그렇게 반응했다. 아빠랑 고모가 호적에 쌍둥이로 기록되어 있다는 사실을 알았을 때는 뭔가 흥분이 되면서도 또 다른 시간여행이 기대되었는데, 이번

에는 조금 실망스러웠다.

고선생이 여행을 하다 보면 아쉬울 때도 있다고 하고는, 오늘은 자기가 힘들어서 더 이상 시간여행을 계속할 수 없다고 했다. 박선도 몸이 피곤했다. 고선생의 말처럼 시간여행은 현실에서 움직일 때보다 훨씬 더 많은 에너지가 소모되었다.

그날 저녁 무렵 지섭에게 전화가 왔다. 지섭은 보미랑 같이 있다고 하면서 근처에 있는 스시 뷔페로 나오라고 했다. 그러자 박선은

"둘이 사귀냐?"

묻고는 얼마나 당황했는지. 지섭이도 말을 더듬었다.

"아…… 아니, 그게 아니고, 그냥, 보미가 어제 내 생일이었는데 그냥 지나가냐고 하는 거야. 그래서 어제 너랑 만나서 맛있는 거 먹었다고 했더니, 왜 자기는 끼워주지 않았냐고 하면서 오늘 다시 하자는 거야. 그러고는 막무가내 불러내서……."

다행히도 스시 뷔페는 슬리퍼를 끌고 나가도 되는 거리, '슬세권'에 있어서 부담이 없었다. 게다가 사납게 몰아치던 빗줄기의 서슬도 많이 약해져 있었다.

지섭이랑 보미는 미리 연습한 것처럼 손을 흔들었다.

"박선, 우리도 이제 먹기 시작하는 거야. 어서 음식 가져와라!"

보미가 우물우물 음식을 씹어대면서 손짓까지 했다. 박선은 스시를 좋아하는 편이 아니라서 오히려 이 집의 색깔과 다른 음식 위주로 담아왔다. 보미는 그런 박선과 지섭을 보더니,

"니들은 가장 절실한 게 뭐야?"

돌연 진지한 눈빛을 뿜어대는 게 아닌가.

지섭은 무슨 뜻인지 모르겠다는 표정으로 큰 눈만 껌벅거렸다.

박선은 그런 지섭의 얼굴을 한동안 쳐다보고 있었다. 묘하게도 그의 얼굴은 고양이 눈으로 보았을 때랑 인간의 눈으로 보았을 때가 다르다. 대체 뭐가 다르냐고, 자세히 말 좀 해보라고 한다면 딱히 할 말이 없었다. 그래도 분명한 것은 지금처럼 다양한 색깔이 드러나지 않았을 때, 그럴 때가 물가에 있는 작은 바위처럼 그의 모습이 단아하고 단단해 보인다.

사실 고양이한테는 누군가의 잘생기고 화려한 겉모습이 중요하지 않다. 인간의 눈처럼 상대의 얼굴이 또렷하게 보이지 않고 약간 흐릿하게 보이니, 고양이는 상대의 얼굴을 보고 어떻게 대할지 판단하지 않는다. 소리나 냄새 같은 내면의 표정들을 더 신경 쓴다. 그만큼 겉모습에 휘둘릴 가능성이 적어진다. 그런 측면에서 고양이는 인간보다 훨씬 순수하다.

보미가 계속 말을 이어갔다.

"우리 부모님은 금수저거든. 우리 아빠가 할아버지한테 재

산을 엄청 물려받았는데, 놀라운 것은 그것을 증식하려 하지 않고 그냥 쓰고 산다는 거야. 어젯밤에는 불쑥 아빠가 '보미야, 나중에 아빠가 너한테 물려줄 돈이 없을 것 같아.' 그러는데 놀랐어. 예전에는 부모님이 이상하다고 생각 안 했는데. 그러면 난 어떻게 살지? 돈 한 푼 안 물려준다는데. 난 절실한 게 뭘까? 니들은 지금 가장 절실한 게 뭐야?"

"아, 난 말야, 운전면허증!"

황당했다. 역시 지섭은 4차원적인 인간이다.

"난 빨리 운전하고 싶어. 그래서 마음껏 돌아다니고 싶어. 그니까 난 현실적인 인간이지."

보미가 즉각 반박했다.

"아니, 비현실적인 인간!"

"그게 왜 비현실적이야, 현실적이지!"

지섭의 목소리도 커졌다.

순식간에 둘의 눈빛이 충돌했다. 또 실랑이가 시작되는 모양이다.

"그게 어떻게 현실적이야, 비현실적이지. 안 그래, 박선?"

보미의 말에

"또 싸운다, 또 싸워!"

박선은 둘을 동시에 타박했다. 그러자 보미가 재빠르게

"그럼 박선 너?"

마치 화살을 쏘듯이 쏘아봐서 얼마나 당황했는지 모른다. 절실한 것? 모르겠다. 한때는 미치도록 그림을 그리고 싶었으나 그런 들썩거림도 사라진 지 오래다. 그렇다고 부모님의 바람대로 의사가 되고 싶은 마음은 0%에 가깝다. 몇 번 물리학자를 곱씹기도 했으나 요즘은 그것도 시들해졌다. 살아가기 위해서 밥을 먹듯이 그냥 공부를 할 뿐이고, 미래에 어떤 삶을 갈망하는지 그것도 모르겠다. 공부에서 풀려날 때란 늘 몸과 마음이 지쳐 있을 때였다. 그럴 때는 그저 멍하니 모든 것들을 무장 해제한 채 잠을 잘 뿐.

미국에서 온 신해

다음 날 오후에 산책을 나가려고 하자 갑자기 구름이 몰려들더니 빗방울이 쏟아졌다. 그와 동시에 초인종이 울렸다. 박선이 인터폰을 누르자마자

"선아, 고모다! 어서 문 열어라!"

유달리 높은 톤의 목소리가 고막을 찔렀다. 고모라니? 고모는 미국에 살고 있다. 너무도 비현실적인 상황이라서 박선은 한동안 멍하니 서 있었다.

현관문을 열고 나가자 어느새 고모가 마당으로 들어서고 있었다.

고모의 옷차림이 유독 화려해서 박선은 순간적으로 혼란스러웠다. 핑크색 장미꽃이 수놓아진 상의, 연한 하늘색 바탕의

바지, 역시 분홍색 둥근 차양이 둘러진 모자를 썼으며, 보기만 해도 답답해 보이는 물방울색 스카프까지 목을 감싸고 있었다. 게다가 화장도 짙고, 목소리도 아주 높아서 당황스러울 정도로 이질감이 느껴졌다.

그에 비해서 두 손으로 머리를 감싼 채 따라오는 사촌 동생 신해는 평범하게 청바지에다 회색 상의 차림이었다. 신해의 얼굴은 살 속 핏줄이 다 드러날 정도로 창백했다. 신해는 비에 젖은 긴 머리카락을 털면서 꼭 동남아에 온 것 같다고, 몇 번이나 투덜투덜 뱉어냈다.

박선이 엉거주춤 인사를 하면서 나가자 고모는

"우리 선이가 아가씨가 되어버렸네!"

그러면서 두 팔을 벌린 채, 멈칫거리는 조카한테 어서 다가와 가슴에 안기라는 시늉을 하였다. 순간적으로 박선은 고선생을 떠올렸다. 고양이들이라면 살과 살을 맞대면서 서로를 느끼는 인사가 당연하겠지만, 집안의 어른과 이런 식으로 살을 맞대는 것은 너무 어색해서 간신히 고모의 품에 안기는 시늉만 하려고 했다. 그러다가 하마터면 중심을 잃을 뻔했다. 고모가 그녀를 낚아채듯이 끌어안았다. 순간 꼭 덫에 걸린 기분이었다.

박선은 고모의 몸에서 풍기는 향수 냄새 때문에 재채기가 나오려는 것을 꾹 참아내면서도 시간여행을 하다가 본 젊었을

적 할아버지 할머니를 떠올렸다. 키가 작은 것은 그분들 유전자를 물려받았을지 몰라도 이국적인 얼굴은 너무 다르다. 특히 높은 콧대와 움푹 들어간 눈, 그리고 짙은 눈썹은 아빠의 얼굴에서도 찾아볼 수 없는 유전적인 특징이다. 그러고 보니 아빠와 고모 그리고 할아버지 할머니 사이에서 유전적인 교집합을 찾아내기란 쉽지 않았다.

손님들이 집 안으로 들어오자 박선의 엄마한테 전화가 왔다.

"아, 선아, 고모 오셨지? 엄마 들어가는 중이니까 그동안 네가 고모랑 이야기하고 있어. 실은 점심때 나가면서 너한테 고모가 오신다는 말을 한다는 걸 까먹었다. 우리 나이가 되면 그래."

어처구니가 없었다. 미국에서 왔다면 격리 생활을 했을 터이고, 그렇다면 벌써 한참 전에 한국에 왔다는 뜻인데 부모님은 그에 대한 언급이 없었다. 박선이 추궁하자

"그래 맞아, 고모는 보름 전에 오셨고, 이제야 자가 격리가 풀려서 오신 거야."

엄마 목소리는 금세 인정하는 투로 변했다.

여기까지 찾아오면서 겪었을 온갖 수고스러움을 물 한 잔으로 달랜 고모는 조카 얼굴을 여러 각도로 조목조목 훑어보면서 어디 아픈 데 없냐고 물었다. 박선은 이럴 때가 가장 불편하다. 그래서 얼른 아픈 데가 없다고 대답했다.

고모는 립스틱이 짙게 발린 입술을 크게 벌리고 얼굴 근육을 다 활용해서 말했다.

"우리 선이가 공부를 잘한다면서?"

"아, 예에, 헤헤……. 그냥."

박선은 턱에다 힘을 주고는 억지웃음을 지었다.

"의대 갈 거라면서?"

연달아 엄습해오는 예기치 않은 질문에 박선의 얼굴은 점점 굳어졌다. 엄마가 고모한테 그런 이야기까지 언급했다니. 이건 분명 반칙이다. 협상 위반이다. 화가 났다.

초등학교 때만 해도 엄마는 이렇게 말했다. 딸한테 바라는 것 없다고, 그저 몸만 건강하게 자라주면 된다고. 그러면서 딸이 좋아하는 그림을 마음껏 그리게 했다. 박선은 몸이 힘들어질 때마다 그림을 그렸다. 묘하게도 그림을 그리다 보면 생각이 단순해지고 몸이 편해졌다. 엄마는 항상 드로잉북을 준비해두었고, 미술관으로 그녀를 끌고 다녔다.

작년, 그러니까 중학교 3학년 여름 방학이었다. 엄마가 외갓집 식구들 앞에서 선이는 의대에 갈 것이라고 선포했을 때, 얼마나 황당했는지 모른다. 하도 어이가 없어서 언제 그런 말을 했냐고 따지자

"다 너를 위해서야. 그림 그려서는 먹고살기 힘들어. 근사한 갤러리 하나 지어놓고, 거기서 카페를 하면서 네 그림을 전

시도 하고 살 수 있을 정도로 돈이 있다면 모를까."

기다렸다는 듯이 그렇게 받아쳤다. 어떻게 엄마라는 사람이 딸의 미래를 독단적으로 결정할 수 있는지, 무조건 당신의 의견에 복종하라고 할 수 있는지. 박선은 그런 엄마의 독재가 소름끼쳤다. 그래서 잔뜩 웅크린 채로 간신히 이렇게 말했다.

"난 의사가 될 생각도 없고, 자신도 없어요!"

엄마의 눈은 계엄령을 선포하는 독재자만큼이나 단호했다.

"그냥 엄마가 하자는 대로 따라와! 나중에 엄마한테 고맙다고 할 거야!"

엄마는 의사가 최고의 직업이라고 단언했다. 판검사보다 더 우월하다고, 더 정확히 표현하자면 더 우월한 계급이라고. 사람의 목숨을 관장하는 직업이라, 대통령 아니라 그 어떤 신도 함부로 건드리지 못하는 절대적인 존재라고. 박선은 하얀 가운을 입고 환자를 진료하는 자기 모습을 떠올리자 미치도록 답답하고 불안해졌다. 그것을 어떻게 설명할 수가 있으랴. 엄마는 당신이 그린 딸의 인생 설계도를 들고서, 딸이 항복을 선언할 때까지 그 눈빛을 꺾지 않을 기세였다. 억지로 밥을 욱여넣고 난 박선의 속이 부글거렸다. 결국은 화장실에 가서 다 토해내고야 말았다. 그렇게 사흘간 걸핏하면 토해내면서 제대로 먹지도 못하자 아빠가 중재를 했다.

"이 정도로 하자. 엄마한테도 말했다. 이 문제는 너한테 맡기는 것으로. 앞으로 더 이상 이야기하지 않기로 했다."

박선은 그런 아빠가 고마워서 얼마나 울었는지 모른다.

"제가 고3에 올라갈 때, 아빠 엄마랑 의논할게요. 그때까지 시간을 주세요. 그리고 이 문제에 대해서 더 이상 그 누구에게도 말하지 마세요."

박선은 그런 기억을 떠올리고는 아무것도 결정된 것이 없다고 일부러 고모처럼 입을 크게 벌려서 말했다. 고모는 그런 그녀의 눈빛을 무시하고는

"집안에 의사가 한 명 있으면 다들 좋을 거야. 그래……."

말이 길어지려고 하자, 박선은 일어나서 물을 마시는 척했다. 극단적인 어른들의 관심이 얼마나 당사자를 위축시키고 부담스럽게 하는지 모른다.

"제발 공부 좀 잘해서 의사 돼라, 고모도 네 덕 좀 보자."

고모의 목소리는 무슨 타령조처럼 가락을 타면서 흘러나왔다. 박선은 등에 무게를 느끼면서 물을 마시다가 엄마가 들어오는 소리를 듣고 현관으로 나갔다.

"엄마는 너무 비겁해요!"

박선은 일부러 돌아서서, 고모랑 신해가 다 들을 정도로 크게 내뱉고는 2층으로 올라가버렸다. 엄마는 당황한 눈빛을 감추지 못했으나 고모는 개의치 않고 반가운 표정을 크게 지었다.

아빠가 일찍 퇴근을 해 식탁이 북적거렸다. 박선은 그런 시간이 너무 불편했다. 고모가 말을 걸어와도 눈길을 주지 않았고, 최대한 짧게 대답했다. 신해도 그 자리가 부담스러웠는지 박선보다 먼저 일어났다. 박선은 그런 신해를 보면서 '동지'라는 말을 떠올렸고 묘한 연대감을 느꼈다. 하지만 신해는 그런 박선의 눈길을 단호하게 차단했다. 눈빛으로 '난 너한테 관심 없으니 너도 나한테 관심 끄서!' 하고 분명하게 표현했다. 말보다 더 단호하게 전달되었다.

그러고 보니 신해의 겉모습에서도 고모의 유전자를 쉽게 찾아볼 수 없었다. 신해는 박선보다 더 말라깽이에다 호리호리했으며, 목소리는 아주 낮아서 신경 쓰지 않으면 알아들을 수 없었고, 늘 고개를 떨구고 다녔다. 활기 넘치는 고모의 밝은 분위기하고는 극단적으로 달랐다. 뭔가 근심과 걱정이 가득 차 있는 그녀의 눈빛을 보고 있노라면, 은연중에 박선도 우울해졌다.

신해는 긴 머리카락이 어깨까지 내려와 있는 뒷모습을 자주 보였다. 일부러 그러는 것인지 몰라도, 무슨 말을 하려고 쳐다볼 때마다 그렇게 돌아선 모습이었다. 얼굴이 없는 신해의 뒷모습은 무서웠다. 순간적으로 박선은 자기도 저러는 것이 아닌가 하고 두려워졌다. 공교롭게도 박선의 머리카락은 신해만큼이나 길었다. 작년에 엄마가 갑자기 의사 이야기를 끄집어낼 때부터 머리 쪽으로 신경이 갔다. 처음에는 확 삭발을 해 버릴까 했는데 엄마를 지나치게 자극할 것 같아서 참았다. 그러면서 고3이 될 때까지만 버텨보자고, 미래에 대해서 부모님에게 말을 할 수 있을 때까지 기다려보자고, 거울을 보면서 중얼거리는 것이 박선의 버릇이 되었다. 어쨌든 생각보다 머리가 훨씬 길어져 있었다.

밤 10시쯤 2층으로 올라온 엄마가

"선아, 침대는 동생한테 양보해라. 신해는 허리가 안 좋단다."

하고 눈짓했다. 박선은 알았다고 하면서 2층 거실에다 이불이나 깔아달라고 했다. 그런데 신해가 괜찮다고 하면서 헤헤헤 웃었다. 그 순간 박선은 신해의 표정 변화가 소름끼쳤다. 너무도 천진난만하게 웃다가 갑자기 비장해지면서 얼음장처럼 차가워지는 그 표정이란……

엄마가 신해를 보고 진짜 괜찮냐고 재차 묻더니, 둘이 알아서 하라고 하면서 이불을 깔아주고 내려갔다. 박선은 이불에 엎드리는 신해를 보고는

"너 허리 아프다면서? 그니까 침대에서……"

나름대로 상대를 배려해주고 싶었다. 그런데 그녀는 박선의 말이 끝나기도 전에

"신경 쓰지 마! 괜히 언니라고 행세할 생각하지 말고."

고개를 돌려 쏘아보았다. 그 눈빛이 면도칼 같았다.

"그게 아니고."

박선은 어떻게 해서든 상대를 좀 달래보려고 하는 자기 자신이 못마땅해서 견딜 수가 없었다. 대체 왜 이러지? 그냥 알았다고 하고 돌아서면 되는 것을. 진짜 언니 노릇 하고 싶은 거 아냐? 박선은 절대 아니라고 고개를 흔들어댔지만 그건 모를 일이다.

신해가 몸을 일으켰다.

"잘됐어. 이참에 제대로 정리하자. 우린 친척이니까 앞으로도 종종 마주칠 테고. 근데 말야, 경고하지만, 네가 언니라고 조금이라도 간섭하려 든다면 그땐 가만있지 않을 거야."

도발적인 신해의 눈빛에 박선은 속수무책으로 당황하고만 있었다. 신해는 경쟁자인 표범을 노려보는 사자처럼 박선을 겨누고 있었다.

박선은 자기 방 침대에 누워서 지금 상황을 정리했다. 신해는 사촌 동생이지만 손님이다. 10년간 미국에서 살다가 2주 전에 돌아왔다. 영구 귀국이다. 고모부는 그쪽 일이 다 정리되면 돌아온다. 그러니까 신해가 까칠하게 대해도 참아야지. 잠시 머물다가 갈 사람이니까.

비몽사몽간에 누군가의 목소리가 박선의 고막으로 파고들

었다. 눈을 떠보니 신해가 침대 앞에 와 있었다. 순간 잠이 확 달아났다. 창문으로 새어드는 하늘빛만으로도 충분히 신해의 얼굴을 알아볼 수 있었다.

"선아, 미안한데, 생리대 좀……. 이놈의 몸은 도무지 통제가 불가능해. 모르겠어. 언제나 일정하게……. 이럴 땐 여자를 포기하고 싶어."

순간 박선은 눈에다 힘을 주면서 상대를 노려보았다. 생리대라는 말이 그만큼 박선을 예민하게 했다. 혹시 자신의 비밀을 알고 고의적으로 생리대를 달라고 하는 것은 아닌가? 하지만 신해의 눈빛은 거의 패잔병이 떠오를 정도로 꺾여 있었다.

박선은 아래층으로 가서 엄마를 깨우고 생리대를 받아왔다. 자신이 쓰던 생리대가 떨어졌다는 말도 적당하게 덧붙였다. 신해는 고맙다는 말을 간신히 남긴 채 방을 나갔다.

휴대폰을 켜보니 새벽 3시가 넘어서고 있었다. 다시 잠을 자려고 뒤척이다가 자꾸만 신해의 얼굴이 선명하게 떠올라 몸을 일으키고야 말았다. 신해에 대해서 알고 싶었다. 박선은 지갑에서 시간여행자 티켓을 끄집어냈다.

이런 밤중에 하얀 고양이를 불러내는 것이 미안하기는 해도 어쩔 수 없었다. 시간여행자 티켓에는 고양이 문양과 알 수 없는 상형 문자가 드러났고 그와 동시에 박선도 노란 고양이가 되었다. 하얀 고양이가 침대 머리맡 벽에서 나왔다. 등과 꼬리를 아치형으로 세우고 워킹을 하는 모델처럼. 박선은 신해의 시간 속을 여행하고 싶다고 했다. 고선생이 따라오라고 하고 는 다시 벽 속으로 들어갔다.

어느 공원이었다. 신해가 영어로 노래를 읊조리면서 물비 린내가 물씬 풍기는 호숫가를 걷고 있었다. 고선생이 미국 필 라델피아의 어느 공원이라고 설명했다.

박선은 참으로 아름답다고 중얼거렸다. 환하게 웃으면서 햇살을 받고 있는 신해는 앞모습이든 뒷모습이든, 가만히 웅 크리고 있든 달려가든, 그 모든 몸짓이 아름답고 환상적이었 다. 얼굴에서 빛이 났다. 신해는 그토록 아름다운 모습을 다 잃어버리고 한국으로 왔구나, 무엇 때문인지 몰라도.

박선은 그런 생각을 하다가 고선생이 툭 어깨를 치자 뒤돌 아보았다.

뒤쪽에서 백인 소년이 나타났다. 얼굴의 황금 비율이 거의 완벽하게 대칭을 이룬 조각 같은 얼굴이었다. 소년은 하얀 고 양이를 안고 있었다. 신해가 그것을 보자마자

"저리 치워! 난 고양이 싫어! 저번에도 싫다고 했잖아!"

하고 돌아설 때 갑자기 바람이 몰아쳤다. 신해는 두 손으로 긴 머리카락을 움켜쥐었다.

소년이 왜 그러냐고 물었다. 바람이 불 때마다 신해는 얼굴

을 찌푸리면서 머리카락을 움켜쥐었다. 그리고 바람이 잠잠
해져서야 소년을 쳐다보았다.

"그냥, 어렸을 때 고양이한테 물린 적이 있는데 그게 트라우
마로 남았나 봐."

그제야 소년은 이해할 수 있다고 고개를 끄덕였고, 잠깐 어
디론가 사라졌다가 다시 나타났다. 어딘가에다 그 고양이를
두고 온 것이다.

둘은 꽃이 많은 길을 따라 걸었다. 소년이 먼저 노래를 시작
하자 신해도 따라서 불렀다. 그러다가 한동안 서로를 쳐다보
았다. 햇살이 서로의 눈빛을 마비시키면서 부서져 내리자, 둘
은 어느새 입술을 맞추었다. 소년이 신해의 머리카락을 만졌
다. 순간 신해가 소년을 밀어냈다.

"왜 그래? 난 네 머리카락이 너무 사랑스러워."

"난 누가 내 머리카락 만지는 것이 아직은 익숙하지 않아서."

"아, 알겠어. 좀 더 친숙해지면 괜찮아질 거야. 고양이도 그
래. 첨에는 자기 털을 만지는 것을 싫어하지만 익숙해지면 그
때부터는 먼저 와서 부비고."

소년은 더 이상 신해의 머리카락을 만지지 않았다.

호수 건너편에서 성깔 사나운 먹장구름이 어깃장 놓으려고
몰려오고 있었다. 그들은 비를 예감하고는 서둘러 걸음을 재
촉했다.

박선은 나무 뒤에서 몸을 옆으로 쭉 뻗은 채로 누워 있는 고선생한테 가서 따졌다. 대체 왜 여기로 온 것이냐고 했더니, 그걸 왜 자기한테 묻냐고 오히려 박선을 쳐다보았다.

"네가 신해의 시간 속을 여행하고 싶어 했잖아?"

"좋아, 그렇다 치고. 근데, 난 신해가 연애하는 장면을 보고 싶지는 않았어."

고선생은 신해가 연애하는 장면만 보여준 게 아니라고 했다. 사실 오늘 여행 코스는 의뢰인이 직접 선택한 시간이라고 하고는, 의뢰인은 특히 바람이 신해의 머리카락을 사납게 휘날릴 때마다 마음 아파했다는 말까지 덧붙였다. 그러니까 오늘 여행한 장면들을 잘 떠올려보면 신해에 대해서 알 수 있다는 것인데…….

어이가 없을 수밖에. 솔직히 신해가 그 소년이랑 키스하는 장면만 눈앞에 그려질 뿐 다른 장면은 이미 기억조차 할 수 없었으니까.

고선생은 앞으로 신해의 시간 속으로 들어가서 여행을 하기란 쉽지 않을 것이라고 하면서 일정에 차질이 생겼다고 꼬리를 포물선처럼 내렸다. 사실 오늘도 아주 조심스럽게 신해의 시간 속으로 들어왔다고 하면서.

"그게 무슨 뜻이야? 고선생은 마음만 먹으면 누구의 시간이든 다 들어갈 수 있잖아?"

고선생은 기도하듯이 두 앞발을 모아 자기 볼을 비비고는 거의 혼잣말에 가깝게 말했다.

"아니, 그렇지 않아. 내 존재를 아는 사람들 시간 속으로는 함부로 들어갈 수 없어. 그들은 내가 자기 시간 속으로 들어오는 것을 알 수 있거든. 꿈을 꾸듯이 어렴풋이 느낄 수가 있어. 그리고 나를 거부할 수도 있지. 만약 무리해서 들어간다면, 가이드와 여행자가 위험해질 수가 있어. 엄청난 에너지가 소모되면서 갑자기 힘이 빠져 쓰러질 수도 있어. 오래전에 다른 의뢰인의 부탁을 받고 어떤 할머니랑 같이 시간여행을 하다가 그런 적이 있었어."

"뭐가 뭔지 모르겠지만 결국 신해가 고선생을 안다는 뜻이네?"

고선생이 고개를 끄덕이자, 박선은 혼란스러웠다. 어떻게 해서 신해가 고선생을 알게 되었냐고 물으려고 할 때, 번갯불이 날름거리고 곧이어 천둥이 대지를 흔들었다. 어느새 그 호수가 보이지 않을 정도로 비가 쏟아지고 있었다.

박선은 신해랑 그 소년이 걱정되어 두리번거렸으나 이미 그들은 시야에서 사라져버렸다.

고선생은 호숫가에 있는 반달 모양의 카페 쪽으로 걸어갔다. 박선은 비 한 방울 맞지 않았지만 그래도 걸음이 빨라지고 있었다.

시간여행 코스는
원하면 바꿀 수 있다

　시간여행에서 돌아온 박선은 침대에 누워 눈을 감았다. 아련하게 어떤 소년이랑 키스하는 신해의 실루엣이 떠올랐다. 고선생은 그런 시간 속에 신해의 마음을 알 수 있는 장면이 있다는 암시를 했지만, 아무리 생각해봐도 알 수 없었다.

　박선은 소변 때문에 방문을 열고 나가다가 하마터면 비명을 지를 뻔했다. 거실 창가에 신해가 연한 연둣빛 잠옷 차림으로 서 있었다. 박선은 가슴을 쓸어내리면서 아직까지 안 잔 거냐고 간신히 물었다. 신해는 돌아보지도 않았다. 그 뒷모습이 너무 서늘했다.

　박선이 화장실에서 나올 때까지 신해는 그 자리에서 움직이지 않았다. 박선이 다시 방으로 들어가서 방문을 닫으려고

하자 신해가

"너 시간여행 가이드를 만나고 있지?"

하고 물었다. 박선은 그 자리에 얼어붙었다. 뭔가 신해의 소
중한 물건을 훔치다가 들킨 기분이랄까. 신해는 결정적인 증
거를 잡은 탐정처럼 노려보았다.

"그 가이드가 너한테 갔을 줄은 상상도 못 했어. 엄마나 외
삼촌한테 갈 거라고 생각했는데……."

박선은 그 말을 이해할 수가 없어서 그냥 가만히 있었다.

긴 머리카락이 신해의 얼굴을 가리고 있었다.

"첨에는 조지랑 만나는 꿈을 꾸는 줄 알았어. 잠이 오지 않
아 그냥 뒤척거리고 있었는데, 눈앞에 조지가 아른거리고, 그
가이드가 아른거렸어. 그건 꿈이 아니고, 누군가 내 시간 속으
로 들어왔다는 뜻이지."

신해는 혼잣말에 가깝게 읊조리다가 돌연 고개를 들어 박선
을 노려보았다.

"야, 너 나에 대해서 알고 싶니? 미국에서 살던 사촌이 왜 갑
자기 돌아왔을까, 궁금하니?"

박선은 휘청했다. 이런 순간을 어떻게 모면해야 할지 적당한
프로그램이 입력되지 않아 당황하는 로봇이 된 심정이랄까.

"그래서 다 알아냈겠네? 내가 어떤 아이인지, 그날 조지랑
헤어지는 처참한 장면도 봤겠네! 이제 다 알았으니까, 아주 후

련하니?"

뜻밖에도 신해의 목소리가 떨리고 있었고, 그런 감정을 달래려는지 깊은숨을 반복해서 내뱉었다. 그 숨소리가 묘하게도 박선을 안심시켰다. 박선도 상대가 느낄 수 있을 정도로 깊은 숨을, 내뱉고 있었다.

"신해야, 미안해. 난 그냥 가이드가 가자고 하는 대로 갔을 뿐이야. 난 너에 대해서 여전히 몰라. 그냥 너랑 그 아이랑 키스하는 것밖에 보지 못했어. 그 뒤로는 보지 못했어."

박선의 숨소리가, 박선의 말소리가, 박선의 온몸이 떨리고 있음을 신해도 알았다. 신해는 아까보다 더 빠르게 깊은숨을 내뱉으면서

"진짜지?"

하고 물었다. 박선은 최대한 빠르게 대답했다.

"난 거짓말 안 해."

신해도 빠르게 말했다.

"그래도 불쾌해. 키스하는 거 봤다면."

누구나 그렇게 말했을 것이다. 그러니 박선은 더 이상 대꾸할 수 없었다.

"좋아, 네 말 믿을게. 그리고 꿈이었다 생각하고, 더 이상 이런 말 하지 말자."

박선도 그러고 싶었다.

"그리고 충고하는데, 그 가이드 더 이상 만나지 마. 네가 시간여행을 하면 할수록 넌 힘들어질 거야. 어쩌면 네가 감당할 수 없을 정도로. 진심으로 부탁하는 거야. 시간여행 경험자로서, 네 사촌으로서."

신해의 목소리는 새벽 한기만큼이나 차갑게 박선의 몸으로 파고들었다. 저도 모르게 몸을 옹송그린 박선은 왜 그러냐고 물었다. 신해는 다시 돌아서서 동굴처럼 까만 뒷모습만 보여주고는, 때론 아는 것보다 모르면서 사는 것이 더 좋을 때도 있는 법이라고, 그래서 말을 하지 않는 것이라고 말했다.

박선은 새벽에서야 잠이 들었고, 당연히 다른 날보다 늦게 일어날 수밖에 없었다. 일어나자 신해가 보이지 않았다. 고모는 신해가 아침도 먹지 않고 산책을 나갔다고 하면서, 미국에서는 이런 일이 흔했다고 했다.

"선아, 신해가 까칠하게 대해도 네가 이해해라. 실은 말이다. 지난봄에 사귀던 애랑 헤어졌거든. 그러더니 세상이 무너지는 것처럼 날마다 울어대고, 심지어 죽겠다고 난리를 쳤단다. 그리고 어느 날 한국으로 돌아가자고 하는 거야. 그래서 돌아오게 된 거란다."

고모는 말끝을 흐리면서 눈을 감았다. 갑자기 아픈 기억이 덧나는지 얼굴에 경련이 일어나자 손으로 감싸고는 깊은숨을 내쉬었다. 그렇게 얼굴을 감싸는 동작조차 너무 커서 연극의 한 장면으로 착각되었다. 고모의 모든 몸짓이 그랬다.

"그래도 지금은 많이 차분해진 거야."

박선은 알았다고 고개를 끄덕인 다음 재빠르게 일어났다. 그 자리에 있으면 고막의 용량이 초과될 때까지 고모의 잔소리를 저장해야만 할 테니까.

박선은 자작나무 이파리들이 반짝거리는 것을 보면서 마을 도서관 앞 공원으로 들어섰다.

여전히 도서관은 폐쇄된 상태였고, 예약 대출만 유지되고 있었다. 박선은 예약해둔 카를로 로벨리의 『시간은 흐르지 않는다』라는 책을 빌린 다음 근처 카페로 갔다. 지섭은 늘 앉아 있던, 햇살이 쏟아질 때 자작나무 숲이 가장 아름답게 보이는 그 창가에서 노트북을 펼쳐놓고 있었다. 박선은 몰두하던 그의 눈빛이 조금 풀릴 때까지 지켜보다가

"섭아!"

하고 불렀다. 지섭은 놀라는 눈빛이었다. 늘 지섭이라고 하다가 갑자기 섭이라고 하니까 그랬을 수도 있고, 섭이라는 호칭은 그의 엄마만 부르는 것이라서 그랬을 수도 있다. 박선은 시간여행자가 되어서 보았던 그의 엄마를 떠올리면서

"왜 놀라? 그냥 그렇게 불러본 거야. 난 외자라서 '선'이라고 불러야 하는데, 대부분 사람들은 그냥 성까지 합쳐서 박선이

라고 부르잖아. 근데 난 외자로 불릴 때가 좋아. 넌 외자가 아니지만, 그래도 한번 불러본 거야. 섭아, 하고. 그것도 느낌이 괜찮은데……."

뜻밖에도 지섭의 표정이 밝아지면서

"엉, 나도 좋아."

그러고는 환하게 웃어주었다. 그 누가 보아도 이 사람은 참착하구나, 하는 생각이 들 정도로 선한 얼굴. 박선은 시간여행을 하다가 본 그의 엄마를 떠올리고 있었다. 엄마를 닮았구나! 이렇게 환하게 웃는 것을 보니까, 이제야 알겠다. 박선은 마음속으로 고개를 끄덕이면서 지섭에게 속삭이듯이 말했다.

"난 코로나 때문에 바뀐 세상이 나쁘지 않아. 일단 뭔가 막 끌려 다니는 것 같지 않아서 좋아."

"어, 나도 그런데."

지섭은 돌연 자기 엄마 이야기를 했다.

"우리 엄마가 엄청 바쁜 사람이거든. 암튼 이것저것 오지랖이 넓어서. 근데 요새 행복하시대. 자의 반 타의 반으로 그러저러한 온갖 모임들이 다 없어지고 엄마가 맡고 있던 일들도 취소되자 첨에는 힘들었는데, 막상 정리가 되고 나니까 자신이 보이더래. 그동안 너무 정신없이 살아왔구나! 엄마는 요즘 집에서 혼자 차 마시고 책 보고, 미루고 못 했던 일들을 조금씩 하는 게 너무 재밌대. 그런 걸 보면 코로나가 나쁜 것만은 아니야."

박선은 그의 이야기가 끝날 때까지 기다렸다가 갑자기 한 지붕 두 가족이 된 상황을 들려주었다.

특히 신해에 대한 이미지를 강조해서 말했다. 지섭은 그런 상황이 어떨지 짐작이 되지 않는다고 하면서도 동성보다는 이성의 친구 같은 사촌이 있었으면 좋겠다고 대꾸했다. 박선이 너무 수긍한다고 웃었다. 그렇다. 신해가 남자였다면 훨씬 더 편했을 것이다.

갑자기 지섭이가 휴대폰을 들고 카톡을 확인하더니
"보미네. 이 근처에 있다고 하는데."

그 말을 들은 박선도 휴대폰을 보았더니 놀랍게도 신해한테 카톡이 와 있었다.

황신해: 나 신해야.

황신해: 어디 있어? 집 아니지? 나 여기 어딘지 모르겠어.

황신해: 그냥 무턱대고 걷다 보니까. 근데 지갑을 안 가져와서 돈도 없고, 완전 거지나 다름없어. 다시 걸어가려니까 넘 힘들고.

박선은 어이없다고 중얼거렸다. 지섭이 왜 그러냐고 쳐다보았다. 박선은 신해에 대한 이야기를 하면서 카톡을 보냈다.

박선: 거기 어딘데? 근처에 뭐가 있어?

황신해: 모르겠어. 바로 앞에는 레드카페가 있고, 하늘목공소가 있고.

박선: 아, 거기구나? 거기서 조금만 더 길을 따라 10분쯤 올라오면 '숲 속 도서관'이라고 보일 거야. 그 자작나무 공원 앞에 있는 카페에 있어. 그리로 와. 근데 친구들이랑 있어서.

황신해: 난 상관없어. 너만 괜찮다면. 그냥 닥치고 있을게.

놀랍게도 신해랑 보미는 거의 동시에 나타났다. 신해는 믿기지 않을 만큼 놀라운 친화력을 과시했다. 박선이 멍하게 있는 사이, 불과 몇 분도 안 된 사이, 본인이 모든 상황을 다 알아서 정리했다.

"우리 같은 또래니까 말 편하게 할게. 나도 미국에서 9학년 다니다가 왔거든."

보미가 9학년이라는 말뜻을 제대로 알아듣지 못하고 지섭을 보자

"미국에서는 9학년부터 고등학생이거든."

하고 말했다. 보미는 그제야 유쾌하게 고개를 끄덕였다.

신해는 배가 고프다면서 요기가 될 만한 빵이랑 음료수를 시켜놓고는

"이거, 선이가 쏘는 거지?"

하고 쳐다보았다. 얼굴 가득 웃음을 머금고 있었다. 손가락

만 대도 으르렁거리면서 달려들 것 같은 그 까칠함은 전혀 보이지 않았다. 명랑소녀로 거의 완벽하게 변신을 해버렸다. 박선은 신해가 이중인격이 아닐까 하는 생각이 들 정도였다.

보미가 신해한테 적극적으로 관심을 드러냈다. 특히 미국에서 살다가 왔다고 하자 부러운 눈길까지 보내면서 곧장 서로의 전화번호를 주고받았다. 덩달아 지섭이까지도.

그런 절차가 끝나자 보미가 물었다.

"신해야, 그럼 너 어느 학교로 오는 거야? 우리 학교야? 아니면 지섭이네 학교? 아니면 박선네 학교? 어, 그러고 보니 우리는 다 다른 학교를 다니고 있네."

그 말에 신해는 살짝 바깥을 쳐다보다가

"아직 몰라. 집을 어디다 얻을지 그것도 정하지 않았는데 뭐."

거기까지 말을 해놓고는 또다시 바람에 흔들리는 자작나무들을 보면서

"학교도 다닐지 안 다닐지 모르고."

순간적으로 우울한 눈빛을 보였다. 보미가 왜 그러냐고 묻자, 재빠르게 헤헤헤 웃으면서 나중에 기회가 되면 말할 것이라고 분위기를 바꾸어버렸다. 대단한 능력자였다. 친구들도 더 이상 묻지 않았으니까.

박선은 모처럼 꿈도 꾸지 않고 달게 잤다.

일어나서 아래층으로 가니까 엄마하고 고모가 아침 준비를 하고 있었다. 마당에서는 아빠랑 신해가 꽃밭에 물을 주고 있었다. 아빠가 일어날 시간이 아니라서 고개를 갸우뚱하자 엄마가 입을 열었다.

"아마 미국서 예쁜 조카가 오니까 아침잠도 사라진 모양이다. 조금 전에 벌떡 일어나더니 마당에 있는 신해를 보고 나가더라."

그렇게 툭 던지는 엄마의 눈빛에는, 너도 나가보라는 뜻이 숨겨져 있었다. 웃기지 마시라고요! 박선은 그럴 마음이 추호도 없었다. 슬그머니 2층으로 올라가면서 아빠를 생각했고, 시간여행 티켓을 끄집어냈다. 까만 티켓에 고양이랑 상형 문자가 드러나고 박선도 노란 고양이로 변했다. 하얀 고양이가 거울 속에서 걸어 나왔다. 박선은 잘 만났다는 듯이 다가가고 싶었는데, 저도 모르게 시비 걸듯이 옆으로 걷고 있었다.

"고선생, 신해를 시간여행자로 의뢰한 분이랑 나를 의뢰한 분이랑 같은 사람이지?"

고선생은 기습적인 질문에 당황했는지 눈을 반만 뜨고는 머뭇거리다가 입을 열었다.

"아, 이걸 말해야 하나 말아야 하나? 이것도 의뢰한 고객의 비밀인데. 아냐, 아무래도 말해서는 안 될 것 같아."

어느 정도 알고는 있었지만 박선은 새삼 그가 직업 정신이 투철한 고양이라는 사실을 깨달았다. 개인 정보는 어느 세상에서나 보호받아야 할 것이다. 그러니 더 물어볼 수도 없었다. 대신 신해의 이야기를 끄집어냈다.

"더 이상 고선생을 만나지 말래. 대체 신해가 왜 그러는 거야? 일반적인 여행 중에 가이드랑 싸웠다면, 가이드가 자꾸 돈을 요구했거나 너무 불성실하게 여행을 안내했거나 그런 이유겠지. 근데 넌 돈을 받지도 않으니……. 대체 뭐야? 뭐 이상한 짓을 한 거야?"

고선생은 깔깔한 혀로 자기 발등의 털을 빗질하다가 고개를 끄덕끄덕하고는 슬쩍 눈을 감았다가 떴다. 그 파란 동공이 오늘따라 보름달만큼이나 크게 보였다.

"흔히 여행을 하고 나면 가이드에 대한 평이 두 가지로 갈라지지. 좋았다 혹은 나빴다로. 시간여행도 마찬가지야. 다만 시간여행이란, 특정 사람이 살아온 시간 속을 여행하면서 그 사람의 삶을 들여다보는 것이야. 누군가의 삶을 들여다본다는 것은 좋을 수도 있고 나쁠 수도 있어. 가령 조상 아무개 씨의 시간여행을 했는데, 그분이 온갖 사기를 쳐서 돈을 벌어 양반직을 샀다는 것을 알게 된 거야. 원래는 천민이었거든. 그런 사실을 알게 되면 사람에 따라서 좋게 받아들일 수도 있고, 나쁘게 받아들일 수도 있지. 그래서 말야, 시간여행이 끝난 뒤에 고객이 원하면 시간여행을 했던 기억들을 다 지워주기도 해. 근데 시간여행을 중도에 포기한 신해는 내 말을 듣고도 그걸 원하지 않았어. 나도 왜 그런지 모르겠어."

고선생은 두 발로 볼을 연달아 문지르면서 마른세수를 하고는 화단에 있는 배롱나무에다 등을 문지르고 버릇처럼 오줌을 갈겼다.

그곳은 어느 병원 입구에 있는 화단이었다.

"신해의 시간여행 프로그램은 박선 너하고 많이 달랐어. 의뢰인의 요구가 많이 반영된 프로그램이었는데, 특히 신해의 어린 시절이 여행 코스에 몇 번 잡혀 있었어. 하도 어렸을 때라 신해도 모르는 이야기들이 많았지. 그리고 박선 네 아빠인 외삼촌의 시간 속을 여행하는 코스도 초반에 몇 번 잡혀 있었지. 그다음이 아빠의 시간 속을 여행하는 것이었고, 그리고 나서야 엄마랑 외할아버지의 시간 속으로 들어가는 코스였는데, 신해는 외할아버지의 시간 속을 두 번 정도 여행하고 나서는 그만두겠다고 그랬던 거야."

고선생의 이야기를 듣다 보니 매듭이 풀리는 게 아니라 더욱 꼬이는 기분이었다. 그렇다고 박선은 뭐라 반박할 수도 없었다.

"신해가 왜 시간여행을 하다가 그만두게 되었는지, 그 이유는 말하지 않을게. 그건 네가 알아가야 하는 거니까. 그것도 이 여행의 중요한 목적이야. 난 시간여행자를 안내할 뿐이지, 그 어떤 가치를 깨닫게 하거나 강요하지 않아. 받아들이는 것은 여행자의 몫이야. 그리고 또, 난 최대한 융통성을 발휘하면서 시간여행을 하고 있다는 점을 꼭 말하고 싶어. 원래는 모든 일정이 의뢰인이랑 결정한 코스대로 움직여야 하지만, 난 네 의지를 존중하여 순서를 바꾸고 있어. 그게 신해와 시간여행을 했을 때랑 달라진 점이야. 물론 순서만 바뀔 뿐이지 시간여행 코스는 바꿀 수 없지. 신해의 시간 속을 여행할 때도 마찬가지였어. 원래는 다른 코스였는데, 네가 하도 강하게 원해서 그렇게 바꾼 거야. 오늘도 마찬가지야. 원래는 고모의 시간 속을 여행하려고 했는데, 네가 아빠를 위해서 갑자기 일정을 변경한 거지."

고선생은 귀를 뒤로 몇 번이나 눕히다가 앞쪽으로 걸어갔다.

눈앞에 병원 로비가 나타났다. 환자복을 입은 청년이 보였다. 고선생이 열일곱 살 때의 아빠라고 하면서

"이런 모습을 볼 수 있다는 그 자체만으로도 넌 행운아야. 나랑 여행했던 어떤 고객은 이런 장면을 볼 때마다 그냥 '행복하다', '감사하다'고 말하기도 했어."

박선도 부정할 수는 없었다. 아빠가 병원 앞 공원으로 가자 어떤 여학생이 손을 흔들었다. 짧은 커트머리의 여학생은 헤헤헤 웃었는데, 소년 같은 중성적인 분위기였다. 그런데 볼수록

그런 중성적인 분위기가 여성스러운 아름다움으로 변해갔다.

등나무 아래 의자에 두 사람이 나란히 앉았다. 여학생이 아빠를 빤히 쳐다보았다.

"수술은 언제 해?"

"응, 내일쯤. 심근경색 수술인데, 뭐 별거 아니래."

여학생은 한동안 고개를 숙이고 어디론가 줄지어 소풍 가는 개미 행렬을 보고 있다가

"박훈, 한 가지만 물어보자. 너 나 좋아하니?"

하고 물었다. 여전히 아빠를 쳐다보지는 않았다. 아빠가 슬그머니 고개를 끄덕였고, 그제야 여학생이 아빠를 똑바로 쳐다보았다.

"이 바보야, 근데 왜 말을 안 했어? 난 네가 말을 안 하니까, 나 혼자만 좋아하는 줄 알고 있다가 남철이가 고백해서 받아준 거야. 남철이도 내가 좋아하는 애였거든."

아빠는 여학생한테 미안하다고 하면서 남철이랑 잘 사귀라고 했다. 그 말을 듣자 괜히 마음이 아팠다.

박선은 등나무 아래에서 걸어 나오는 고선생을 보고는, 아빠가 그런 수술 받았다는 사실을 전혀 몰랐다고 말했다.

"사실 나는 다른 시간 속을 보여주고 싶었는데, 이것도 의뢰인이 강하게 요구해서 여행 코스에다 넣은 거야. 궁금한 것 있으면 직접 네 아빠한테 물어봐도 돼."

고선생은 다시 등나무 뒤로 돌아갔다. 박선도 그 고양이 뒤를 붙어가다시피 하였다. 등나무 뒤쪽으로 돌아가자 어느새 박선의 방으로 돌아와 있었다.

마침 아빠가 2층으로 올라와서 박선을 불렀다.

"선아, 어디 있니? 밥 먹자."

갑자기 박선은 먼 길을 걸어 다니고 온 듯한 피로감을 느끼면서

"아빠가 고등학생일 때 심근경색 수술을 했다는 거, 진짜 몰랐어요."

아주 낮게 속삭였다.

"아니, 네가 그걸?"

아빠는 놀라면서 빤히 딸을 내려다보았다.

당황한 박선은 어제 고모한테 들은 것이라고 슬쩍 둘러댔다.

"아, 그랬지. 자꾸 가슴이 아파서 병원에 갔더니…… 심근경색이라고 하면서 수술을 받아야 한다고 해서 얼마나 놀랐는지 몰라. 그게 어린 나이에는 잘 생기지 않는 병이거든. 그래서 의사들도 이상하다고 하면서 원인을 찾아내려고 했지만 찾아내지는 못했어. 다행히도 수술은 잘 되었고, 그 뒤로도 큰 탈 없이 살아오고 있으니까."

아빠의 그런 지병에 대해서 박선이 모르는 걸 보면 지금까지 별문제가 없었다는 뜻이다. 박선은 자신을 시간여행자로 선

택한 의뢰인이 왜 그런 장면을 보여주고 싶어 했을지 나름대로 궁리해봤다. 그럴수록 머리가 혼란스러웠다.

미닫이문 아래 놓여 있던
신발 네 켤레

아빠가 출근하고, 그 뒤로 엄마랑 고모도 집을 나갔다.

비대면으로 영어 과외까지 마친 박선은 바깥바람을 쐬려고
나가다가 신해의 목소리를 들었다. 신해가 마당 한복판 파라
솔 밑에서 누군가랑 통화 중이었다.

신해의 입에서는 유창하게 영어가 흘러나온다.

상대는 조지라는 소년이다. 신해의 말소리가 갑자기 급류
처럼 빨라지더니 고개를 숙인 채 마구 소리치고 있었다.

이럴 때는 모른 척해주는 것이 낫다. 박선은 조심스럽게 현
관문을 열고 안으로 들어갔다.

신해는 전화를 끊고도 집으로 들어오지 않았다. 그로부터
두 시간쯤 지났을까. 보미한테서 신해랑 같이 있다는 카톡이

왔다. 둘이 근처 카페에 있다고, 신해한테 먼저 연락이 와서 만나고 있다는 사실까지도 은근히 강조하면서.

잘된 일이라고 박선은 박수라도 치고 싶었다. 설령 둘이 친해진다고 해도 아무 상관없다고.

그날 10시가 넘어서야 들어온 신해는 문 밖에서 이렇게 말했다.

"난 보미가 편해. 함부로 말해도 다 들어주고, 이것저것 따지지 않고."

보미가, 함부로 말을 해도 다 들어주고 이것저것 따지지도 않는다니! 보미는 따지는 게 가장 큰 특징인데 말이다. 혼란스럽기는 해도 사람에 따라서 다르게 대할 수 있다고 박선은 생각을 정리했다. 그렇게 가시 같은 신해를 달래준 보미가 고맙기도 했다.

박선은 종일 아빠에 대해서 생각했다. 그럴수록 자신에게 유전자의 절반을 물려준 생물학적인 아빠라는 사실 외에는 별로 아는 게 없어서 당황스럽고 조금은 미안했다. 우선 아빠의 고향이 어딘지도 모른다. 언젠가 아빠한테 고향에 대해서 물은 적이 있었다. 그때 아빠는 고향이라는 것이 뭐가 중요하냐고 하고는 서울에서 가장 오래 살았다고 애매하게 덧붙였다. 그럼 어디서 태어났냐고 물으니까, 목포에서 태어나 부산에서 살다가 서울에서 살게 되었다고 간결하게 대답했다. 그럼 할아버지의 고향은? 아빠는 강원도 홍천 어디라고 더듬거리다가 그 이상은 모른다고 혼란스러운 눈빛을 감추지 못했다. 그러니 더 물을 수도 없었다. 아빠가 어린 시절을 어떻게 보냈는지, 어린 시절에는 무슨 생각을 했는지 박선은 모른다.

오랜만에 카톡으로 아빠한테 대화를 신청했다.

박선: 아빠, 저예요. 아직 수업 안 끝났죠?

누가 들으면 이상하다고 할 수도 있으나 박선은 어려서부터 부모님에게 존댓말을 써왔다. 그게 자연스럽고 편했다.

아빠: 우린 뭔가 통하나 보네! 나도 우리 선이 생각하고 있었는데. 수업 끝났어.
아빠: 고모네 식구들이 와서 조금 불편하지?
박선: 아뇨. 그건 괜찮아요.
아빠: 고맙다!
박선: 아빠, 고등학교 때 꿈이 뭐였어요?

그렇게 물어놓고도 생뚱맞다고 박선은 스스로를 타박했다.

아빠: 스포츠 해설가.

그것은 정말이지 상상도 할 수 없는 말이어서, 처음에는 장난인 줄 알았다. 아빠는 운동을 별로 좋아하지 않는다. 아빠 또래들이 폼나게 즐기는 골프는 쳐다보지도 않았고, 쇳덩어리를 들었다 놓았다 하는 헬스클럽은 근처에도 가지 않았으며 나이 든 사람에게 가장 좋다는 수영 역시 관심도 없었다. 오로지 시간 날 때마다 무심하게 타박타박 동네 길을 걸어 다닐 뿐. 아빠의 건강 비결이란 그렇게 걷는 것이었다.

박선: 너무 뜬금없어요.

아빠: 그럴 거야. 아빤 스포츠 중에서 잘하는 게 없거든. 달리기도 못하고, 턱걸이…… 다 못해.

박선: 그런 유전자를 딸한테 고스란히 물려주셨군요!

아빠: 에구구! 유전자를 물려주는 과정에 내가 참여했다면 그것만큼은 절대 양보하지 않았을 텐데 말야. 미안하다, 딸!

박선: 괜찮아요.

아빠: 암튼 스포츠를 못해도, 보는 것은 좋아했어. 그래서 이론적으로는 해박했단다. 인기 종목인 축구나 야구는 물론이요 비인기 종목인 육상, 체조 그런 것까지. 그래서 스포츠 해설을 하거나 스포츠 비평 같은 것을 하고 싶었어.

박선: 근데 왜 안 했어요?

아빠: 할아버지가 하도 많이 아파서. 할아버지는 아빠가 고등학교 3학

년이었을 때부터 병원을 들락거리기 시작했거든. 그래서 그런 생각을 접었고, 좋은 직장을 염두에 두고 대학을 선택한 다음 졸업하자마자 취업했는데, 그 월급으로는 할아버지 병원비를 감당하면서 집안 생활을 할 수가 없는 거야. 결국 사교육 시장으로 뛰어든 거지.

박선: 그래서 학원 선생님이 되었군요?

아빠: 그래. 그렇다고 후회는 안 하지만, 늘 돌아다보면 가슴 한 곳이 텅 빈 듯해.

아빠는 너무 일찍 어른이 되어버렸다. 박선은 지금이라도 늦지 않았다고 하려다가 침을 꼴깍 삼켰다. 말이 그렇지 지금 아빠 나이에 새로운 일을 시작한다는 것은 달콤한 환상일 테니까. 그러니 어른이란 아름다운 꿈과 가치들을 현실과 타협하면서 살아온 불행한 존재들이다. 그렇지 않은가. 박선은 아빠랑 대화를 끝내고도 한참 동안 잠이 오지 않아 뭉그적거리다가 지섭의 카톡을 받았다.

송지섭: 나 오늘 신해 만났어. 보미랑 같이 만나서 피자 먹었어. 집에 가다가 보미랑 신해를 만나서 끌려간 거야.

박선은 다시금 사회성이 차고 넘치는 신해에 대해서 감탄했다.

송지섭: 신해는 독특하고 명랑한 친구야.

송지섭: 근데 신해는 어서 나이 들고 싶대. 지금 당장 환갑 넘은 할머니가 되고 싶대. 만약 어떤 마녀가 나타나서 "내 나이가 올해 칠십인데 너 나랑 나이 바꿀래?" 하면 자기는 바꿀 거래. 물론 그 마녀가 건강하다는 조건이지만.

박선: 진짜 그런 말을 했다고?

송지섭: 그렇다니깐! 하여튼 뭔가 그런 거 있잖아? 나이는 우리 또래지만 거의 어른들처럼 힘든 시간을 보내온 것 같은 표정이랄까.

박선: 글쎄, 잘 모르겠어. 암튼 보미랑 네가 잘해줬으면 좋겠다.

아침에 눈을 뜨자 창문으로 물올챙이들이 꾸물꾸물 기어내리고 있었다. 원래 박선은 비를 좋아하는데, 이제 비만 보면 우울해진다. 두 달간 이어진 장마가 비에 대한 그녀의 좋은 추억들을 싹 지워버렸다.

저도 모르게 한숨이 터지면서 휴대폰을 보았다. 아빠한테 카톡이 와 있었다. 할아버지에 대한 못다 한 이야기가 언급되어 있었다.

공장에서 쓰러진 할아버지는 신장에 염증이 발견되어 병원에 입원했다. 그렇게 할아버지의 몸에 입성한 신장 염증은 의사들이 온갖 약물을 앞세워 반격해올 때마다 새로운 병으로 변해서 게릴라 전술로 공격했다. 나중에는 병명이 열 가지도 넘었다. 할아버지가 치매로 정신을 놓아버리자 그제야 끊임없이 생을 갉아먹던 병들이 스스로 철수했으니, 그때가 할아버지한테는 가장 평온한 시간이었다. 그러고 보면 치매란 놈이 반드시 나쁜 건 아닌가 보다.

박선은 고양이처럼 침대 위에서 기지개를 펴고는 책상 위에 있는 지갑을 열었다. 그리고 시간여행자 티켓을 끄집어내면서 고선생을 불렀다. 까만 티켓에 고양이 문양이 나타나면서 박선은 노란 고양이가 되어 있었다.

고선생은 책상 앞 의자에 앉아서 "야아옹!" 하고 소리쳤다. 박선이 사이드 스텝으로 걸어가서 하얀 고양이 얼굴에다 볼을 비빈 다음, 오늘은 할아버지의 시간 속으로 들어가고 싶다고 했다.

"어, 그래? 원래 코스대로라면 이번에는 고모의 시간 속을 여행해야 하는데. 좋아, 여행 순서는 얼마든지 융통성 있게 바꿀 수 있으니까!"

박선을 보면서 몇 번이나 눈을 깜박거리던 고선생이 거울 속으로 사라졌다. 박선이 거울 속으로 상체를 들이밀자마자 국밥 냄새가 후각을 흥분시켰다. 그만큼 냄새가 강렬했다.

어느 국밥집이었다. 고선생이 구석에 앉아 있는 두 사람을 가리켰다.

"네 아빠랑 할머니야."

쑥빛 스웨터를 입은 할머니는 50대 중반이고, 군인처럼 머리가 짧은 아빠는 20대 중반이라고 가이드가 설명했다.

할머니는 여전히 예뻤다. 나이 든 사람도 인형처럼 예쁠 수 있었다. 그와 반대로 아빠는 너무 아저씨 같아서 박선이 낯설 정도였다. 그만큼 아빠가 감당해야 할 삶의 무게가 무거웠다는 뜻이리라.

국밥이 그 특유의 살 냄새를 풍겨내자 할머니가 수저를 집어 들었다.

"배고플 텐데 어여 먹어라."

"예에, 엄마도 드세요."

모락모락 피어나는 김이 영혼처럼 두 사람 얼굴을 어루만졌다.

밥그릇을 다 비운 아빠는 눈을 감고 곰곰이 생각에 잠겼다. 할머니는 아직 반도 비우지 못한 밥그릇에다 수저를 놓고는 나지막이 물었다.

"훈아, 아까 교수님 뭐라고 하든?"

아빠는 고개를 끄덕이다가 할머니를 보았다.

"아빠의 손발톱이 한꺼번에 빠지고 있는데 굉장히 드문 병이래요. 빈혈이랑 탈모 증세 그리고 신장에 염증이 자주 발생하는 것이랑 어떤 연관이 있는지도 알아보고 있다고 하더라고요."

할머니는 다시 수저를 들었지만 더 이상 밥을 입 안으로 밀어 넣지는 못하고 있었다. 아빠가 더 드시라고 하자, 그제야 간신히 몇 번 수저질을 하다가 내려놓고야 말았다. 배부르다고 하면서.

"그나저나 걱정이구나. 이제 네 아빠는 평생 저렇게 사셔야 할 것 같고, 그렇다고 보험 하나 들어놓은 것도 없지, 모아놓은 돈도 없지."

그 말에 아빠는 애써 웃으려고 했지만 안타깝게도 얼굴에 떠오르지는 않았다. 오히려 더 어색하게 볼이 일그러지는 것 같았다. 그래도 아빠는 안간힘을 다해 할머니의 손을 잡았다.

"엄마, 걱정 마세요! 제가 취업했으니까…… 다 알아서 할게요. 엄마, 오늘 밤은 제가 병원에서 잘 테니까 집에 가세요. 벌써 열흘이 넘도록 병원에서 주무셨잖아요."

할머니는 괜찮다고 했지만 아빠가 단호하게 손짓했다. 그제야 할머니가 고개를 끄덕였다.

아빠랑 할머니가 밖으로 나가자 함박눈이 내리고 있었다. 할머니는 저절로 꽃봉오리가 벙글듯 웃으면서

"그래도 눈을 보니까 좋구나. 네 아빠도 유독 눈을 좋아하셨잖아. 눈만 내리면 한밤중에도 너희들 깨워서 마당에 나가 눈을 굴려 눈사람을 만들었지. 우리 식구들 닮은 눈사람을 네 개 만들어서 목도리도 해주고 모자도 씌워주고."

"저도 기억나요. 아빠는 아이 같은 표정이 있어요."

아빠가 그렇게 말하자, 순식간에 공간이 바뀌면서 침대에 누워 있는 할아버지가 보였다. 이미 할아버지는 젊은 날의 아름다운 모습을 잃어버린 상태였고, 그 어떤 약으로도 치유할 수 없을 정도로 생의 자신감을 상실해버린 표정이었다.

아빠는 간이침대에 앉았다.

할아버지가 아빠를 불렀다. 아빠가 일어나서 앉자

"훈아, 차라리 죽어버렸으면, 내가 전생에 무슨 죄를 지어……."

할아버지는 손으로 눈을 가린 채 가만가만 숨을 내뱉었다. 아빠가 그런 말을 하지 말라고 낮게 말했다. 할아버지의 목소리는 한참 만에야 들렸는데, 입이 아니라 어딘가 비밀스러운 다른 곳에서 흘러나오는 것 같았다.

"내 병은 내가 잘 안다. 이것은 못 고쳐. 설령 고친다고 해도 또 다른 병이 생겨날 거고, 내가 죽을 때까지 계속 병이 생겨날 거야. 일찍 죽는 수밖에 없는데, 어쩌냐? 네 엄마한테도 못할 짓이고, 너한테도 못할 짓이고. 아비라는 것이 어쩌다 식구들 가슴을 파먹는 벌거지만도 못한 것이 되어버렸을꼬! 어서 죽어야 할 텐데."

할아버지의 마른 양 볼로 눈물이 흘러내리고 있었다. 할아버지는 그것을 감추려고 오른팔로 눈을 가리고 있었다. 흐느

낌도 없었다.

박선은 그런 할아버지를 계속 볼 수가 없어서 눈을 돌렸다. 그때 병실 구석에 웅크리고 있던 고선생이

"나갈래?"

하고 눈짓했다.

고선생을 따라 병실을 나가자 눈사람이 보였다. 고선생이 설명하지 않아도 누가 만들었는지 알 수 있었다. 높은 산동네였지만 아이들이 뛰어놀 수 있을 만큼 마당이 넓은 집. 굴뚝에서는 까불까불 연기가 솟아오르고, 마당가 대추나무 밑에는 네 개의 눈사람이 서로를 마주 보면서 눈을 맞고 있었다. 미닫이문 아래쪽에는 그 집에 살아가고 있는 사람들의 신발 네 켤레가 가지런히 놓여 있었다. 보라색 슬리퍼, 갈색 작업화, 하얀 운동화, 분홍색 운동화.

그런 시간들이 있었기에 아빠가 지금까지 버티면서 살아오지 않았을까.

박선은 그 집 미닫이문 아래쪽에 놓여 있던 신발들을 그리고 싶었다. 그 기억들이 사라지기 전에. 그러자 어느새 자기 방으로 돌아와 있었다. 박선은 급하게 드로잉북을 책상 서랍에서 끄집어내면서 그 신발들을 떠올렸다. 묘하게도 흥분이 되었다.

고모는 식탁에 앉아서 비 내리는 바깥 풍경을 보고 있었다.

"어제 본 그 주택 진짜 맘에 들었어. 그 집도 비 올 때 풍경이 참 예쁠 것 같아. 신해야, 너도 맘에 들 거야. 게다가 그 집은 비어 있어서 아무 때나 들어갈 수도 있거든."

그 말을 듣고도 신해는 아무런 대꾸 없이 밥만 먹었다. 그러자 엄마가 고모랑 눈을 마주치고는

"근데 고모부가 아파트를 원한다면서요? 고모부 의견도 중요하잖아요. 신해, 넌 어때?"

하고 물었다. 그제야 신해는 아무래도 상관없다고, 1%의 감정도 섞이지 않은 듯한 무표정으로 대답했다. 고모가 정말 상관없냐고 되물었다. 신해는 한 번만 더 물으면 화내겠다는 듯이 쏘아보았다. 고모는 슬그머니 눈길을 돌리면서 미국에 있는 고모부랑 통화를 하고 최종 결정을 내리겠다고 말했다.

고모는 왜
프러포즈를 거절했을까?

꼭 고양이가 된 기분이었다. 아빠의 차를 타자 빗소리가 증폭되어 훨씬 크게 들렸으니까. 아빠는 그 소리가 나쁘지 않다고 하고는, 이렇게 비 오는 날 차 안에서 혼자 커피 마시는 시간이 좋다고 했다. 박선이 그럴 것 같다고 끄덕이자, 이번에는 아빠가 도서관 문을 열었냐고 물었다.

"도서관에 가는 게 아니라, 도서관 앞에 있는 카페에 가요."

그제야 아빠는 씩 웃었다.

"아, 지섭이 만나러?"

박선이 대답하지 않자 아빠가 말을 이어갔다.

"걔랑 오래 만나네."

"그러게요. 걘 내 스타일도 아닌데, 지내다 보니 그런 게 중요하지 않더라고요."

저도 모르게 솔직한 감정을 노출시킨 박선은 슬쩍 아빠를 곁눈질했다. 아빠는 차창을 어지럽히는 빗줄기 때문에 정면만 보고 있었다.

"그니까 둘이 잘 맞는다는 것인데."

"다른 친구들이 있기는 해도, 그렇게 편하고 속내를 다 아는 친구는 없어요. 근데 그게 남자라서 더 편해요."

아빠는 지섭에 대해서 더 묻지 않았다. 박선은 그런 아빠가 오늘따라 고마웠다. 집요하게 그를 남자로서 어떻게 생각하느냐 어쩌고 물어왔다면 아주 곤란했을 테니까.

박선은 한동안 눈을 감고 있다가 할아버지를 떠올렸다.

"아빠, 근데 왜 할아버지랑 할머니 제사를 안 모셔요? 엄마랑 아빠 종교가 기독교도 아니잖아요?"

아빠는 박선을 쳐다보지 않고 대답했다.

"할아버지 할머니가 원치 않아서 그런 거야. 산소나 납골당도 원치 않으셨어."

"왜요?"

"글쎄."

아빠의 표정이 참 묘했다. 무엇인가를 숨기는 것 같기도 하고, 진짜 아무것도 모르는 것 같기도 하고.

"아빠는 가끔씩 할아버지 할머니를 보내드렸던 그 강에 가는데, 언제 한번 같이 갈래?"

강이라는 말을 들은 순간에 잘못 들었나 하고 아빠를 다시 보았다가, 화장을 해서 뿌렸다면 강도 무덤이 될 수 있다는 사실을 뒤늦게 떠올렸다. 그러면서 강 그 자체의 무한함, 그래서 주술적인 환상성까지 갖춘, 거대한 강물을 떠올렸다. 박선은 은연중에 고개를 끄덕거리다가

"아빠, 근데 고모랑 쌍둥이라면서요?"

분위기를 바꾸려고 장난치듯이 말했다. 아빠는 하하하 웃더니 그것도 고모가 말했냐고 물었다. 박선은 긍정도 부정도 하지 않았다.

"그래도 고모랑 같이 학교를 다니지 않아서 큰 문제는 없었어. 고모는 아빠보다 3년이나 늦게 학교에 입학했거든. 그만큼 발육이 늦고 작았어. 반대로 아빠는 키가 커서 1년 일찍 입학을 했고. 예전에는 그런 경우가 많았어. 아빠 친구 중에는 서너 살 어리게 출생 신고가 되어 있는 경우가 많아. 위에 세 살 많은 형이 있었는데, 그 형이 다섯 살 때 갑자기 죽어버리자 그 호적을 그대로 물려받은 친구도 있어. 그래서 형의 이름으로, 형처럼 살고 있는 거지. 요즘이야 상상도 할 수 없지만."

그래, 진짜 요즘은 상상도 할 수 없는 일이다. 그런데 왜 꼭 여덟 살이 되어야만 학교에 가야 하는지, 더 일찍 가거나 늦게 가면 안 되는지, 그런 제도는 인정하고 싶지 않다는 말을 하려

다가 박선은 꾹 참았다.

　카페에 가자 지섭이가 뜨개질을 하고 있었다. 그 큰 덩치가 뜨개질하는 모습이 우스꽝스러워서 박선은 하마터면 웃음을 터트릴 뻔했다.

　그제야 지섭이 뜨개질을 멈추고는

　"너도 내가 뜨개질하는 게 이상해 보이지?"

　진지하게 쳐다보았다. 박선은 고개부터 흔들었다.

　"뭐, 어때서? 요즘은 다 하잖아. 뜨개질을 꼭 여자만 하란 법 있어?"

　지섭은 진짜 그렇게 생각하냐고 다시 묻고는 말을 이어갔다.

　"사실 난 어려서부터 뜨개질을 하고 싶었거든. 그래서 아무도 모르게 가끔씩 했는데, 얼마 전부터 본격적으로 하기 시작했어. 우리 집 앞에 공방도 있거든. 거기 가서 배우는데, 엄마한테 들킨 거야. 그래서 지금 엄마랑 냉전 중이야. 아빠도 난리고, 보미한테 말했더니 뭐라고 하는 줄 아냐? 진짜 어울리지 않는다고, 당장 때려치우래! 내가 화가 나서 너 그만 보자, 하고 어젯밤 카톡으로 말했어. 진짜, 나 안 볼지도 몰라."

　지섭이랑 보미는 자주 의견이 충돌하지만 그렇다고 이런 상황으로 덧날 줄은 몰랐다. 박선은 만나서 잘 화해했으면 좋겠다고 말했다. 지섭은 끝내 그러겠다는 말을 하지 않았다. 이렇게 지섭이 고집을 부리는 것도 드문 일이다. 그만큼 크게 마음의 상처를 입었다는 뜻인데.

"야, 우리 노래방 갈래? 너하고는 한 번도 같이 안 간 것 같아."

박선은 시간여행을 통해서 지섭이가 중저음의 보이스로 근사하게 노래한다는 것을 알고 있었고, 그래서 꼭 한번 노래방에 같이 가고 싶었다. 다행히도 지섭은 잠시도 망설임 없이

"좋아. 안 그래도 오늘따라 가슴도 답답하고 미칠 것 같았는데."

햇살을 받은 강물처럼 반짝거리는 눈빛으로 박선을 보았다. 그는 코인 노래방에 가서도 먼저 선곡하는 적극성을 보였다. 굳이 소리를 지르지 않아도 지섭의 목소리는 박선의 고막을 마비시켰다. 왜 호랑이의 포효하는 소리가 수십 리 혹은 수백 리까지 울려 퍼지는지 알겠다. 호랑이의 목소리도 중저음이다. 박선의 목소리는 지섭이랑 정반대였다. 중얼중얼하다보니 재미도 없고, 심지어 박자마저 잃어버렸다. 그때부터 박선은 평소대로 고음의 끝장을 보여주듯이 소리를 질러댔다. 그게 박선의 스타일이다. 둘은 그렇게 달랐다.

박선은 처음으로, 지섭이 자기하고 성격이 아주 다를지도 모른다고 생각했다. 물론 지금까지는 그런 생각을 눈곱만큼도 하지 못했다. 그건 어쩌면 둘 중 하나가 상대의 성격에 맞춰 자신의 마음을 조절했다는 뜻이 아닐까.

박선이 조용해지자, 지섭이도 가만히 있었다. 갑자기 그 좁은 세상이 고요해졌을 때, 박선은 지섭의 눈길이 오롯이 자기 얼굴로 쏟아지고 있음을 느꼈다. 그 순간이 당황스러워서 얼른 다른 노래를 하나 선곡하고는 다시 소리를 지르기 시작했다. 그럴수록 혼란스러웠다. 박선은 지섭이 자기 스타일이 아니라고 마음속으로 소리쳤다. 하지만 누군가

"너 지섭이 싫어?"

그렇게 물어본다면, 아니라고 확실하게 말할 수 있을까. 아, 모르겠다. 늘 지섭은 좋은 친구일 뿐이라고, 그 이상은 한 번도 넘어선 적이 없다고 스스로 경계를 만들고 살아왔거늘.

집에 왔더니 놀랍게도 세 사람이 고스톱을 치고 있었다. 고모는 박선을 보자마자 강제로 낚아채서 옆에 앉혔다. 신해는 고스톱을 못 친다는 박선의 말에 왼볼을 찡그리며, 너 외계인 아냐? 하는 표정을 지었다. 순간 묘한 낭패감이 느껴졌다. 아니 고스톱을 모르는 것이 무슨 잘못이란 말인가.

"선아, 우리 한 마을에 살게 되었으니까 고스톱 꼭 배워야 해. 그래야 종종 만나서 내기 고스톱을 치지. 우리 식구들은 미국에서 종종 모여 이걸 했어. 세대는 달라도 고스톱 앞에서는 다 같아지거든. 오늘 고모부랑 통화했는데, 고모부도 단독주택 괜찮대. 그래서 맘에 드는 그 집 계약하기로 했어."

박선은 "고모의 기분이 좋은 게 그것 때문이었군요!" 하고 말했다. 박선은 고모의 옆얼굴을 보면서 고선생을 떠올렸다. 고모라는 사람이 살아온 시간이 궁금해졌기 때문이다. 박선은 화장실에 간다고 일어났다. 그리고 화장실에 가자마자 지갑을 열고 시간여행자 티켓을 끄집어냈다. 곧이어 화장실 구석에서 하얀 고양이가 나오더니 "아우!" 하고 낮게 소리쳤다. 이러면 안 된다는 말이었다.

"내가 말했잖아! 시간여행은 하루에 한 번밖에 안 된다고. 넌 이미 오늘 아침에 할아버지의 시간 속으로 들어갔다가 왔잖아."

아차, 그걸 까먹었네. 박선은 자기 머리를 툭툭 쳤는데, 그것이 손으로 칠 때하고 달리 앞발로 치니까 꼭 자기 자신에게 장난을 치는 것 같아서 재미있었다. 어쩌면 발바닥이 부드러워서 그랬는지도 모른다. 고양이의 앞발은 사람의 손보다 훨씬 부드럽고 탄력 있으니까. 상대에게 치명적인 무기인 발톱을 장착하고 있는 발이 이렇게 부드러울 수 있는지, 아무렇게나 땅을 밟고 다니는 발이 이렇게 정갈할 수 있는지, 그저 놀라울 따름이었다.

박선은 헤헤헤 웃었다.

"그래도 이렇게 시간여행자가 되었으니까, 오늘은 두 탕 뛰자. 고모에 대해서 알고 싶거든."

고선생은 뒷걸음질 치면서 안 된다고 했다. 동공이 좁혀진 눈빛이 단호해 보였다.

"나 때문이라면 괜찮아. 기분도 아주 좋고 조금도 피곤하지 않아. 그러지 말고 오늘만……."

박선은 천천히 눈을 껌벅껌벅하다가 꼬리 끝을 말아 살랑살랑 흔들었다. 고선생도 까만 반점이 있는 꼬리 끝을 말아 흔들더니

"좋아, 그럼 오늘만이야."

그러고는 화장실 구석으로 들어갔다.

고모가 창가에 앉아 있었다. 눈보라가 비질하면서 창문을 쓸어댔다.

박선은 고선생의 설명을 듣기도 전에 이곳이 남산타워에 있는 레스토랑임을 알아챘다. 작년에 부모님이랑 같이 와서 밥을 먹은 적이 있었으니까.

20대 중반으로 추정되는 고모를 보자, 확실하게 신해가 누구를 닮았는지 알 수 있었다. 희고 맑은 얼굴이 신해하고 거의 판박이였다. 평소에 서양 사람처럼 보이게 하는 코와 눈도 지금은 전혀 도드라지지 않았고 부드러웠다. 살다 보니 고모의 얼굴이 지금처럼 변한 것이리라.

고모가 휘날리는 눈을 보고 있을 때 누군가 걸어왔다.

"박정!"

고모가 반갑게 손을 흔들었다.

"태희 오빠, 왜 이렇게 늦었어?"

태희라는 남자는 긴 머리를 치렁치렁 늘어트린 속칭 예술가 스타일이었다. 게다가 목소리가 어찌나 여자처럼 고운지 박선은 그를 몇 번이나 다시 볼 정도였다.

그는 슬그머니 등 뒤에서 장미꽃다발을 끄집어내서 고모한테 내밀었다.

"박정, 나 정식으로 고백하는 거야. 진짜 진심으로 널 좋아해. 평생 아껴주고 그럴게. 나랑 살자. 우리 결혼하자!"

고모도 그 순간을 기다렸다는 듯이 기뻐하면서 "아!" 하고 탄성을 질렀고, 장미꽃을 코에 대고 한없이 향기를 맡았다.

"태희 오빠, 진심으로 고마워요. 근데, 근데 저는……."

고모는 자꾸만 고개를 흔들어대다가 가슴속에서 끓어오르는 감정을 이기지 못하고 눈물을 흘렸다. 상대가 당황하면서 왜 그러냐고 물었다.

"솔직하게 말해줘. 왜 그러는 거야? 내가 싫은 거야?"

고모는 그 남자를 보지 않고 고개를 흔들었다.

"그럼, 다른 남자가?"

"아니요."

"그럼, 왜?"

그래도 고모는 말이 없었다.

그 남자는 자꾸만 마른손을 비벼댔다.

"내가 가난해서?"

언제부턴지 고모는 계속 고개를 흔들어대고만 있었다. 결국 벌떡 일어나서 화장실에 다녀오고 나서야 상대를 보고는

"태희 오빠, 전 결혼할 생각이 없어요. 아무하고도 결혼하지 않을 거예요. 미리 오빠한테 사실을 말했어야 하는데, 제 욕심만 생각하다 보니 여기까지 오고야 말았네요."

하고 말했다. 그는 답답해서 미치겠다는 표정을 지었다. 그러면서 혼신의 힘을 다해 감정을 절제해내고는 자신이 납득할 수 있도록 말을 하라고 했다. 고모의 목소리는 낮았으나 조금 전보다 더 또박또박 힘을 주었다. 그러자 묘하게도 허스키하게 들렸다.

"그냥 인연이 아니라고 생각해주세요. 저는 사랑하는 사람을 불행하게 하고 싶지 않아요."

어느 순간부턴지 두 사람의 말이 들리지 않았고, 실루엣만 드러날 뿐 얼굴도 보이지 않았다. 박선은 머리가 아팠다.

그때 고선생이 나타나더니 꼬리를 추켜세우고는 "캬악!" 하고 높게 소리쳤다.

"안 되겠어. 아무래도 하루에 시간여행을 두 번 하는 것은 무리야. 어서 돌아가자."

"아, 조금만 더 보면 고모가 왜 그 사람을 거절했는지 알 것 같은데. 고선생, 조금만, 조금만. 난 괜찮으니까!"

"안 돼. 여기서 네가 쓰러지기라도 한다면 돌아가지 못하고 죽을 수도 있어."

"아, 고모가 뭔가 말을 하는 것 같은데……. 저분은 지금 살고 계시는 고모부도 아니고."

박선은 쫑긋했던 귀를 뒤로 눕히고는 동공이 잔뜩 조여든 눈빛으로 고선생을 보면서, 어려서부터 이런 증세가 종종 있었으니까 괜찮을 거라고 했다. 고모랑 그 남자가 일어섰다. 남자가 절대 포기할 수 없다는 눈빛으로 고모의 손을 꼭 잡았다. 고모는 거의 반쯤 눈을 감은 채 엘리베이터 앞으로 갔다. 박선은 그 뒤를 따라가고 싶었다.

하얀 고양이가 박선을 막아선 다음, 툭 밀쳤다.

"안 돼, 무리하면 큰일 나. 진짜 돌아가지 못할 수도 있어."

박선은 비틀거리면서 아찔한 현기증을 느꼈다. 잠깐 눈을 감고 있다가 다시 일어나서 그들을 따라가려는데 머리를 꽉 조이는 것처럼 아파왔다. 서유기의 주인공인 손오공이 된 기분이랄까. 박선은 참을 수 없는 아픔에 "야옹, 야아아옹!" 비명을 지르면서 떼굴떼굴 굴렀다. 그러다가 간신히 정신을 차렸다. 고선생이 박선의 얼굴을 핥아주었다. 박선은 그 느낌이 좋아서 가만히 있다가

"선아, 박선! 너 화장실에서 안 나오고 뭐 해!"

하고 엄마가 문을 두드려 깜짝 놀랐다. 박선은 머리가 깨질 것 같았고 구역질까지 나왔다. 화장실 문을 열고 들어온 엄마가 당황하면서

"너 밖에서 뭐 잘못 먹었니?"

하고는 변기에다 얼굴을 처박게 한 다음 등을 두드렸다. 경련과도 같은 불안으로 온몸이 부들거리고 속은 참을 수 없을 정도로 메슥거렸다. 결국 대책 없이 토악질을 했다. 밖으로 나오자 고모까지 걱정스러운 눈빛으로 쳐다보고 있었다. 애써 괜찮은 표정을 지으려고 해도 어지럽고 다리가 풀려서 제대로 걸을 수가 없었다. 엄마는 그런 딸을 부축하여 2층 방에다 눕히고는 깊은 한숨을 내쉬었다. 엄마가 나가자 신해가 들어왔다.

"너 갑자기 어지럽고 그런 것이…… 아까 우리 엄마가 억지로 고스톱 시키려고 하니까 자꾸 우리 엄마 쳐다보다가 화장실로 도망치던데, 거기 가서 가이드 만났지?"

박선은 눈을 감은 채 아무런 대꾸도 하지 않았다.

"설마 했는데. 맞구나! 그 가이드를 만나지 말라고 했잖아. 너 이러다가 진짜 아무도 감당할 수 없는 일이 생기면 어떡할래? 네가 누군가의 시간 속을 떠돌다가 돌아오지 못하게 되면."

"아, 알았어."

박선은 간신히 그렇게 말했다. 어지러워서, 흐물흐물 뼈가 녹아내리는 것 같아서, 지금까지 살아온 시간을 다 토해낼 것만 같아서, 더 이상은 말할 수 없었다.

"그래도 가이드를 만나지 않겠다는 말은 끝내 하지 않는구나! 좋아, 그건 네 맘대로 해. 대신 앞으로 우리 가족들 시간 속으로는 들어오지 마. 엄마 아빠 그리고 나까지."

박선은 간신히 고개를 끄덕였다. 그리고도 신해가 나가지 않자, 물을 마시고 한동안 눈을 감고 있다가 더듬더듬 이렇게 덧붙였다.

"아까 가이드를 따라가서 고모의 젊은 시절, 지금 고모부가 아닌 다른 사람한테서 프러포즈를 받는 장면을 봤을 뿐이야. 다른 건 보지 않았어. 고모도 그분을 좋아하는 것 같았는데 왜 그분의 프러포즈를 거절했는지 모르겠어. 그것을 말하는 장면에서 갑자기 흐려지고."

다행히 신해는 더 이상 말을 걸지 않았다.

엄마를 알고 싶어
그 시간 속으로 들어갔는데

드디어 장마가 끝났다. 하지만 아직도 하늘에는 그 패거리들이 까맣게 몰려다니고 있었다. 그러거나 말거나 엄마는 개의치 않겠다는 표정으로, 곰팡이에 시달린 장롱 속 옷들을 해방시키고 있었다. 박선도 그 분위기에 편승하여 드로잉북을 들고 마당으로 나갔다. 고모는 꽃밭에서 흔히 잡초라고 하는 것들만 잡아내고 있었다. 박선은 그런 고모를 그리고 있었다.

"어머, 이게 나야? 선이는 그림도 잘 그리는구나!"

고모가 반대편 의자에 앉았다.

박선이 헤헤헤 웃으면서 이렇게 그림을 그릴 때는 다른 잡념이 끓지 않아서 좋다고 말했다.

고모도 전적으로 동감한다는 표정이었다. 여전히 화장이

짙었고, 회색 스카프를 목에다 두른 옷차림도 알록달록했으며, 분홍색 챙이 둥근 모자까지 쓴 상태였다. 아무리 엄마가 편한 옷을 주어도 한사코 거절하면서 정성껏 옷치장을 하였으니 참 독특하다고 할 수밖에.

"모든 일이 다 그래. 그래서 자기가 좋아하는 일을 해야 하는 거지."

그런데 왜 다들 나한테 의사가 되라고 다그치는 걸까.

박선은 목구멍을 넘어온 말을 다시 삼키면서, 그러고 보면 어른이란 존재는 온통 모순투성이라고 쓴웃음을 지었다.

그때 바람이 홱 불면서 박선의 긴 머리카락을 헝클어트렸다. 순간적으로 삽살개처럼 머리카락이 박선의 얼굴을 가렸다. 그와 동시에 고양이가 보였다. 고모가 앉았던 의자 뒤쪽 꽃밭에서 까만 고양이가 사뿐사뿐 움직였다. 이마에 하얀 얼룩이 있는 암컷이었다. 박선은 녀석을 보자 오래된 친구를 만난 기분이 들어 저도 모르게 그르렁, 우르르, 야아옹 하면서 따라갔다. 다행히도 엄마랑 고모는 집 안으로 들어간 상태였다.

그러자 상대가 꼬리를 곧게 세운 채 어이없어 하는 눈빛으로 쏘아보았다. 박선이 헤헤헤 웃으면서 "난 널 잘 알아" 하고 속삭였다. 네가 어디에서 오줌을 싸는지도 알아.

상대는 귀를 뒤로 젖히고는 컄컄 날카롭게 소리쳤다. '너 미쳤구나' 하는 것 같았다. 그래도 박선은 헤헤헤 웃으며 따라갔다. 나도 요즘 자주 고양이가 되거든. 그니까, 우리 친구 하자.

그 까만 고양이는 아아아앙, 으르렁거리다가 더 이상 상대해서는 안 되겠다고 판단한 모양이다. 재빠르게 이웃집으로 달아나버렸으니까.

아빠가 집에서 나오더니 바비큐 파티를 하자고 소리쳤다. 신해가 그런 아빠 뒤를 따라 나왔고, 곧이어 연기가 살아났다. 고모도 불 피우는 곳으로 갔다. 박선은 집 안으로 들어가서 상추를 씻는 엄마를 도왔다. 엄마는 어떻게 해서 아빠랑 결혼하게 되었을까. 갑자기 그런 궁금증이 맹렬하게 솟구쳤다.

"엄만 아빠랑 얼마나 연애했어요?"

엄마는 뜬금없이 왜 그런 질문을 하냐는 눈빛으로 쳐다보더니

"호호, 혹시 연애하니, 지섭이랑?"

예상하지 못한 엄마의 눈빛에 박선은 조금 당황하면서도

"걔는 그냥 남사친이잖아요!"

곧바로 대답했다. 엄마는 슬쩍 웃더니 아빠랑 4년가량 연애를 했다고 했다.

"와, 생각보다 오래 했네요. 그럼 엄마한테 아빠가 몇 번째 남자예요?"

"첫사랑이야."

"뜻밖이네요. 엄마는 인기가 많았을 것 같은데."

엄마는 지금 비슷한 또래의 여자들보다 젊게 보인다. 늘 짧은 머리를 고수하고 있지만 긴 머리를 하면 더 어울릴 것 같다. 박선은 그런 생각을 하다가 엄마는 평소에도 거의 화장을 하지 않는다는 사실을 떠올렸다. 그런데도 엄마는 피부가 좋다. 그러니까 엄마의 진정한 매력은 건강함이다. 오십 문턱에 왔는데도 뱃살 걱정을 하지 않았고, 남자들 못지않게 근육질 몸매를 유지하고 있었으니까.

"그랬지. 나 좋아한다는 편지는 숱하게 받아봤고, 판검사하고도 소개팅을 해봤고. 근데도 아빠 외에는 눈에 들어오는 남자가 없더라. 사실 아빠는 내가 잠깐씩 만났던 사람들에 비하면 비주얼도 그렇고, 직업도 그렇고, 가진 것도 없는 사람이야."

압력밥솥이 요란하게 숨을 뿜어내면서 정점으로 치닫자 엄마는 슬쩍 말꼬리를 흐렸다.

박선은 누가 먼저 프러포즈를 했냐고 물었다.

"엄마가 먼저 했어. 근데 매몰차게 거절당했어."

박선이 놀라는 시늉을 하고는 그렇게 아빠가 좋았냐고 물었다.

"그러고 나니까 더 매달리게 되고, 진짜 다른 남자를 만나도 아빠 생각만 나더라."

"와, 대단해요. 근데 왜 아빠가 엄마의 프러포즈를 거부했을까요?"

"에유, 이제 그것도 다 지난 이야기다. 아빠 대학을 졸업하자마자 가장 노릇을 해야 했거든. 할아버지가 아팠고, 여동생 학비도 챙겨야 했고. 그렇다고 할머니가 돈을 잘 버는 것도 아니었으니까."

"아빠랑 결혼한 거 후회하지 않았어요?"

"응, 후회하지는 않았어. 아빠는 엄마가 생각했던 것보다 훨씬 더 좋은 사람이었어. 여러 가지로. 부자는 아니지만 돈 걱정도 하지 않았고. 그럼 된 거 아냐?"

박선은 천생연분이라고 맞장구치고는 상추랑 고기가 든 쟁반을 들고 밖으로 나갔다.

평소보다 바비큐를 많이 먹었다. 박선은 포만감이 느껴질 무렵 집 뒤쪽으로 걸어갔다. 지갑에서 시간여행 티켓을 끄집어내고는 고선생을 마음속으로 불렀다. 순간 시간여행 티켓에 고양이 문양이 나타나고 상형 문자가 새겨졌다. 어느새 하얀 고양이가 마당에서 가르랑가르랑 중얼거리고 있었다. 물론 야외 식탁에 앉아 있는 사람들은 아무도 의식하지 못하고 있었다. 고양이는 박선의 눈에만 보였으니까.

박선은 조금 전까지만 해도 알록달록했던 꽃밭을 비롯하여 마당가에 서 있는 나무들, 그리고 야외 식탁에 앉아 있는 사람들을 다시 쳐다보았다. 나무의 상징인 푸르름도 보이지 않았다. 온갖 꽃들의 화려한 색깔도 보이지 않았지만 바람에 흔들리는 잎새들의 역동적인 모습만큼은 너무도 또렷했다.

그렇게 바라다보고 느끼는 것이 다르기 때문에 서로 다른 생명체들이 같은 공간에서 살 수 있으리라. 오직 인간만이 그런 사실을 인정하려고 하지 않을지도 모른다. 인간은 늘 자기 눈에 보이는 것만이 진실이라고, 다른 생명체들에게 그것을 강요한다. 그러나 아무리 인간들이 부인해도……. 고양이, 개, 쥐, 도마뱀, 개구리, 두꺼비, 새, 그리고 온갖 곤충, 마당에서 숨 쉬는 모든 동물들이, 혹은 식물들이 그렇게 서로 다른 세상을 살고 있다니 참 대단한 일이다. 박선은 새삼 이 마당이 얼마나 크고 역동적인 세상인지 알 것 같았다.

하얀 고양이가 다가와서 박선에게 무슨 생각을 하냐고 물었다. 박선은 고양이 눈으로 보는 세상은 인간의 눈처럼 색깔이 다양하게 보이지는 않지만, 묘하게도 마음을 차분하게 해준다고 말했다. 그리고 저번에 시간여행할 때는 미안했다고 덧붙였다.

"프러포즈를 거절하는 고모를 보는 순간 끝까지 따라가서 알고 싶었거든. 왜 그랬는지."

고선생은 박선을 빤히 쳐다보다가 말했다.

"다시는 무리하지 마."

"나도 힘들었어. 어지럽고 토하고 난리가 났거든. 그뿐이 아니야. 신해가 그런 나를 보고는 자기네 가족들 시간 속으로 들어오면 가만두지 않겠다고 으르렁거리기 시작했어."

고선생은 잘 알고 있다고 하더니, 오늘은 누구의 시간 속을 여행하고 싶냐고 물었다. 박선이 엄마라고 하자

"이렇게 우리가 정한 여행 코스랑 일치할 때도 있군."

몇 번 눈을 깜빡거리면서 옆집으로 통하는 작은 개구멍으로 먼저 들어갔다.

박선이 개구멍으로 들어가자 낯선 집 안이 보였다. 벽에 걸린 엄마랑 아빠의 결혼식 사진이 눈에 들어왔다. 엄마 아빠가 사는 신혼집. 비좁은 거실 식탁에 할아버지랑 할머니 그리고 엄마랑 아빠가 앉아 있다. 식탁 가운데 놓여 있던 케이크에서 촛불이 타올랐고, 엄마랑 아빠가 생일 축하 노래를 불렀다. 할아버지가 쑥스러운 듯 망설이다가 불을 껐다. 갓 환갑을 넘긴 할아버지는 백 살도 넘은 사람처럼 늙어 보였다.

"아버님, 생신 축하드려요. 건강하게 오래오래 사세요!"

엄마가 박수를 치면서 크게 말하자

"고맙다. 난 너희들에게 해준 것이 하나도 없는데. 무슨 복을 타고났는지, 너무 고맙다."

할아버지가 눈시울을 글썽거리자 할머니가 손수건을 주면서

"이런 날은 울지 말고 그냥 웃어요."

알았다고 애써 고개를 끄덕이던 할아버지도 흐르는 눈물을 막아내지는 못했다. 엄마가 케이크를 잘라서 할아버지 할머니에게 드린 다음

"이번에 여행 한번 가요. 저희가 모시고 갈게요. 아버님이 힘들어하시니까 멀리는 못 가고요. 중국이나 대만, 일본 같은 데요. 아버님, 어디 가보고 싶으세요? 저희 생각으로는 일본이 좋을 것 같아요. 교통도 잘 발달해서 편하고, 온천이 많으니까 편안히 쉬었다가 오시면 될 것 같아요. 어떠세요?"

또박또박 말하자 할머니가 고맙다고 했다. 하지만 할아버지 때문에 힘들 것이라고 했고, 곧이어 할아버지도

"그냥 맘만 받겠다. 대신 다른 부탁이 있다."

엄마가 무슨 부탁이냐고 하자, 할아버지는 얼른 말을 잇지 못하고는 다시 눈시울을 문질렀다. 할머니가 그런 할아버지한테 진정하라고 등을 토닥여주었다. 할아버지는 무슨 말을 끄집어내려다가 끝내 입을 열지 못하고는 화장실로 들어가버렸다. 그러자 할머니가 엄마를 보고는

"에이그, 눈물이 너무 많은 사람이라 내가 대신 말하마. 너희 시아버지한테는 친형제보다 더 가깝게 살아오신 분이 있단

다. 송치수라는 어른인데, 벌써 20여 년 전에 돌아가셨지. 근데 그분이 가족이 없단다. 그러니 그분 묘도 방치되어 있지. 너희 시아버지가 저렇게 몸도 자주 아프고 그러니 언제 죽을지 모른다고 생각하고는 언제부터 그분 산소에 한번 가보고 싶다, 싶다 했는데."

"아, 그런 거면 진작 말씀하시지 그랬어요. 언제든 모시고 갈게요. 그게 뭐가 어려운 일이라고 그러세요."

엄마가 아빠를 보면서 당장 날을 잡자고 했다. 아빠도 할머니를 보고는 왜 자기한테는 그런 말을 하지 않았냐고 약간 불만 섞인 목소리로 말했다.

"자식이래도 그게 어디 쉽냐? 더구나 이번에 가면 그분 유골도 화장해서 강물에다 뿌릴 생각이란다. 그래서 특별히 부탁하는 거야. 그런 일까지 다 부탁해야 하거든."

이번에는 아빠가 화장실에서 나오는 할아버지를 보면서 걱정하지 말라고 대답했다.

"아버지한테 친형님 같은 분이라면 우리한테도 큰아버지 같은 분이네요. 어떤 분인지는 모르겠지만, 제가 알아서 할게요. 날 잡히면 연락드릴게요. 그때 뭐 간단하게 제사상을 차린 다음 유골을 끄집어내서 화장하면 되는 거잖아요?"

화장실에서 나온 할아버지는 다시금 고맙다는 말을 몇 번이나 되풀이했다.

할아버지는 술을 한잔 먹고 싶다고 했다. 아빠는 안 된다고 말렸으나 할머니가 술이 있으면 가져오라고 했다.

"먹고 싶을 때 먹어야지. 네 아버지가 살면 얼마나 살겠냐?"

엄마도 같은 생각이라면서 소주를 가져와서 따라주었다. 할아버지는 생각보다 술을 많이 드셨다. 그리고 술에 취하자 할머니한테 어서 집에 가자고 보채는데 어찌나 어린애 같던지.

엄마랑 아빠는 할아버지랑 할머니가 택시에 타는 것을 보고서야 천천히 뒤돌아섰다. 엄마는 아빠보다 뒤에 오면서 할아버지가 건강하셨으면 좋겠다는 말을 되풀이했다. 그러다가 불쑥 아빠를 보고는 물었다.

"여보, 근데 왜 아버님 가족들은 안 모이는 거예요? 우리 결혼식에도 오신 분이 없잖아요. 아버님 형제분들이 계시다고 들은 것 같은데."

"나도 몰라. 큰아버지나 고모가 계신 것 같은데, 아주 어렸을 때 어머니가 그런 말을 하신 것 같거든. 그랬을 뿐, 정식으로 말씀하신 적이 없어서. 그걸 몇 번 물어봤는데, 아버지께서 말씀을 안 하셔서. 그냥 남남으로 살기로 했다면서."

"대체 무슨 일이 있었길래 형제들이 인연을 끊고 살아가게 되었을까요?"

엄마랑 아빠의 얼굴은 엘리베이터를 타면서 흐려졌다.

박선은 고선생을 보면서 우리 할아버지가 비밀투성이네, 하고 말했다. 고선생은 자신의 오른쪽 앞발을 핥으면서 다세대 주택 계단으로 내려갔다.

박선은 그 뒤를 따라가다가 잠깐 멈칫하고는 고개를 갸우뚱 했다.

"고선생, 우린 지금 엄마의 시간 속으로 들어온 거잖아. 근데 정작 엄마에 대한 이야기는 없는데? 우리 엄마를 통해서 할아버지 이야기만 했다구. 할아버지가 형님처럼 모셨다는 송치수라는 분에 대해서 이야기를 한 거잖아. 이런 경우는 엄마의 시간 속을 여행했다고 볼 수 없지 않아?"

"오늘 여행한 코스는 나랑 의뢰인이 공통적으로 뽑은 시간이야. 그건 반드시 네 엄마의 시간 속으로 들어가야만 볼 수가 있거든. 그러니 어쩔 수 없는 거지."

고선생은 그것밖에 말해줄 수 없다고 하고는 양쪽 귀를 번갈아가면서 움직였다. 그저 신기할 따름이었다. 고양이의 귀는 아주 정교한 기계처럼 각자 따로따로 소리의 근원을 추적할 수가 있었다.

다시 마당으로 박선이 나가자 엄마 혼자만 불가에 남아 있었다.

게걸스럽게 참나무 살을 뜯어먹던 불길은 포만감을 느끼면서 점차 시들어갔다. 숯불만 남아 작은 은하계를 재현하면서 반짝거리더니 블랙홀이 되어 급속하게 어두워졌다. 엄마는 불을 보면 머리가 맑아지고 오래된 기억들이 따뜻하게 떠오른다고 했다. 박선은 엄마 옆으로 가서 어깨가 닿을 정도로 가까이 앉았다.

"엄마랑 아빠가 송치수라는 분 유골을 화장해서 뿌렸어요?"

그건 정말 박선도 모르게 튀어나온 질문이었다. 당연히 엄마도 놀랐는지

"선아, 네가 그걸?"

하고 물어 아빠한테 들었다고 했다. 일단 그렇게 둘러댈 수밖에 없었다.

"왜 할아버지 할머니 묘가 없냐, 왜 제사는 안 지내냐 물으니까 아빠가 대답을 하시다가 그분 이야기도 하시더라고요. 할아버지랑 친형처럼 지냈던 분이라고."

다행스럽게도 엄마는 더 이상 캐묻지 않았고, 아마도 그때의 시간으로 돌아가듯이 슬그머니 눈을 감았다.

"엄마 아빠도 그분에 대해서 잘 몰라. 할아버지가 친형처럼 모셨던 분이라니까, 엄마랑 아빠가 대신 자식 노릇을 한 거지. 그분 유골을 수습하고 화장해서 강물에 뿌렸는데, 그날따라 강물빛이 유독 반짝거리더라. 그러고는 그분이 잠깐 강물 위로 떠올라서 고맙다고 손을 흔드는 것 같았어. 키가 크고 이목구비가 또렷하고 아주 잘생긴 분이었어. 난 한 번도 본 적 없

거든. 그런 인상착의를 말했더니 할아버지가 대뜸 맞다는 거야. 놀랍지 않니? 난 귀신을 믿지 않는데, 그 순간을 떠올리면 귀신이 있는 것 같아. 어쨌든 할아버지 할머니도 화장해서 그 강가에다 뿌려달라고 유언하셨고."

그러니까 그 강이 송치수라는 분과 할아버지 할머니의 무덤이었다.

엄마가 누군가에게 걸려온 전화를 받으면서 일어나자, 박선도 집 안으로 들어왔다.

박선은 드로잉북을 끄집어내서 가계도를 그리기 시작했다. 맨 위에다 할아버지 할머니 얼굴을 스케치했고, 그 옆에 할아버지의 의형제인 송치수 씨는 얼굴을 모르니까 그냥 이름을 적었다. 할아버지 할머니 아래쪽으로 선을 긋고 아빠랑 고모 얼굴을 그렸다. 아빠 옆에다 엄마를, 고모 옆에다 고모부를 그리고, 각각 그분들 밑으로 선을 그었다. 엄마 아빠 밑에는 박선, 고모랑 고모부 밑에는 신해를 그렸다. 뭐 별로 가족이 많지 않아서 복잡하지도 않았다. 여기에 무슨 비밀이 있단 말인가.

강제 징용 가는
열네 살 소년

    다음 날 오전에 비대면 수업을 마치자마자 어른들을 따라나서야만 했다. 고모는 마지막으로 집을 계약하기 전에 딸과 조카의 의견을 듣고 싶어 했다.

    그 집은 골짜기 더 깊은 곳으로 들어가서도 산비탈을 한참이나 올라가야 했다. 박선은 겨울에 눈이 내리면 통행이 어려워서 치명적인 문제가 될 것이라는 의견을 냈다. 고모도 그런 걱정을 했는데 의외로 엄마가 괜찮다는 입장을 드러냈다. 요새는 예전만큼 눈이 많이 내리지도 않을 뿐만 아니라 설령 눈이 온다고 해도 시에서 금방 제설 작업을 해준다는 것이다. 여기는 시에서 외식 타운으로 지정한 곳이니 가장 먼저 제설 작업에 나서는 곳이라는 말도 덧붙였다. 그래도 불편함이야 있겠지만, 겨울에 내리는 눈이 집을 결정하는 데 큰 변수가 될 수는 없다 하니 뭐라 반박할 수도 없었다. 그것보다도 이웃들하고의 관계를 더 고려해야 한다는 의견이었다.

그 집은 시야가 사방으로 트여 전망이 좋았다. 다만 집과 집 사이의 간격이 너무 좁았다. 독창성이라고는 조금도 찾아볼 수 없는 똑같은 집들 20여 채가 똑같은 방향으로 조회를 하듯이 늘어서 있었으니

"진짜 이웃들하고 관계가 중요하겠네요."

그런 말이 절로 나올 수밖에 없었다. 앞집에서 뒤쪽 창문을 다 개방한다면 마당에서 자유롭게 놀 수도 없을 것이고, 거실에서도 자유롭게 문을 열어놓을 수 없을 것이다. 그것이야말로 치명적인 약점이 아닌가. 게다가 뒷집에는 개들을 많이 키웠다. 그렇다면 늘 시끄러울 것이다.

그 집은 3층에 옥상이 있었다. 신해는 그곳을 보자 제법 마음에 들어 했다.

신해는 여기저기 사진을 찍으면서 아래층으로 내려갔고, 박선은 그곳에 놓여 있는 파라솔 밑에 앉았다. 이런 곳에다 개나 고양이를 키우면 좋겠다는 생각을 하다가 지갑에서 시간여행 티켓을 끄집어냈다. 티켓에 고양이 문양이랑 상형 문자가 나타나면서 박선은 노란 고양이로 변했다. 파라솔 밑에서 하얀 고양이가 느릿느릿 긴 꼬리를 끌면서 나왔다. 그 고양이가 연

달아 눈을 깜빡였다. 박선도 눈을 깜빡이고는 하얀 고양이의 볼을 부비면서 인사했다. 박선은 할아버지의 의형제인 송치수라는 사람이 궁금한데, 그분의 시간 속으로 여행이 가능하냐고 물었다. 사실 별 기대를 하지 않았건만 고선생이 가능하다고 하자

"진짜? 그분은 우리 가족도 아닌데."

"그분은 할아버지의 의형제이니까 가족이나 마찬가지. 송치수 씨의 시간 속으로 들어가는 것은 의뢰인과 내가 정한 여행 코스에 있어. 어때, 가볼 거야?"

하고 말했다. 박선은 꼬리를 곧추세우고는 어서 가자고 앞발로 바닥을 긁어댔다.

박선이 하얀 고양이를 따라 파라솔 그늘 밑으로 가자마자 주위가 어느 가구점으로 변했다. 고선생이 지금은 1942년 3월 12일이라고 말했다. 그렇다면 일제강점기라는 뜻이 아닌가.

"저기 보이는 저 청년이 송치수 씨야. 지금은 스무 살이고."

송치수는 온몸에 뒤집어쓴 톱밥을 털어내고는 다른 직원들이 퇴근할 때마다 먼저 가시라고 꾸벅꾸벅 인사를 했다. 예의 바른 청년임을 알 수 있었다. 약간 마른 체형에 키가 큰 그는 이상하게도 얼굴이 낯설지 않았다. 어디서 봤을까, 어디서?

작업장을 쓸고 연장들을 정리한 송치수는 도시락이 든 가방

을 들고 밖으로 나갔다. 가만가만 걸어도 도시락 안에서 젓가락 흔들리는 소리가 장단을 맞추듯 들렸다. 어쩌면 박선이 고양이라서 잘 들리는지도 모른다.

3월이라지만 여전히 사나운 밤바람이 정수리를 찔렀다. 그때마다 온몸에서 한기를 느끼며 부르르 떨었다.

송치수가 사거리를 지나갈 즈음이었다. 앞에서 두 명의 일본 경관이 다가오더니 잠깐 보자고 했다. 송치수가 멈칫했다. 경관들이 신분증을 요구했다. 송치수가 호주머니를 뒤적이다가

"아, 그걸 집에 놓고 왔네요."

그러자 경관은 콧수염을 문지르면서 송치수를 쏘아보더니

"그럼 잠깐 경찰서로 가야겠다!"

하고 말했다. 송치수가 여기서 멀지 않은 가구점에 다니는 직원이라고 했다. 그는 다시 콧수염을 문지르고는 알았다고 하더니 잠깐이면 되니까 같이 가자고 했다.

송치수는 어쩔 수 없이 경관들을 따라갔다. 경찰서는 멀지 않았다.

경찰서 1층으로 들어서자 현관 로비에 수십 명의 조선인들이 웅성거리고 있었다. 경관이 송치수한테 신상명세서를 쓰라고 했다. 그것을 쓰고 나자, 제법 직급이 높아 보이는 사람이 오더니 집중하라고 몇 번이나 헛기침을 했다.

그는 몇 번 굵은 목소리로 여러분은 운이 좋은 사람들이라

고 목청을 높였다. 조선인들은 어리둥절한 표정이었다. 그는 말을 돌리지 않고 곧바로, 여러분은 일본에 있는 기업체 직원으로 채용되어 가는 것이라고, 최대한 웃음을 지으며 좌중을 훑어보았다. 순간 조선인들 사이에서 놀라는 목소리가 터져 나왔다.

"그러니까 우리가 일본으로 끌려간다는 소리 아닙니까?"

"아니, 이렇게 갑자기 끌고 가는 법이 어디 있어요?"

좌중이 시끄러워지자 주위에 있던 경관들이 조용히 하라고 매섭게 소리쳤다. 이내 실내가 조용해졌다. 직급이 제법 높아 보이는 그 사람은 다시 헛기침을 몇 번 하더니

"지금 조선에서는 일자리가 없어서 일본으로 가려는 사람들이 항구마다 줄을 서고 있다. 오죽하면 일본으로 가는 데에 꼭 필요한 도항증을 만들기 위해서 송아지 한 마리 값이 필요하다는 말이 나오겠는가? 그런데 여러분은 돈 한 푼 내지 않고 우리가 도항증을 만들어주고, 일본 최고 기업체에 정식 직원으로 채용을 해준다. 그러니 얼마나 좋은 일인가? 아마 여러분도 일본에 가게 되면 오히려 내게 고맙다고 여길 것이다."

일부는 그 말에 수긍한다는 눈빛을 보이기도 했으나 대다수는 그래도 이 갑작스러운 일에 절차상의 문제를 제기했다. 그때마다 경관들이 매섭게 소리쳤다. 심지어 잠시만 집에 갔다 오게 해달라는 말도 묵살되었다.

그들은 곧 트럭을 타고 기차역으로 이동했다.

송치수는 도시락 안에서 젓가락이 흔들릴 때마다 가족들이 떠올랐지만 어찌할 수가 없었다. 송치수보다 어린 티가 나는 이들도 눈에 띄었다. 기차가 기적을 하면서 움직이자 그들은 체념하면서 눈을 감거나 눈물을 흘렸다. 그래도 나이 든 치들은 아직 볼에 젖살이 남아 있는 아이들을 보고

"전쟁터로 가는 것은 아니니까, 좋은 쪽으로 생각하자."

달래주어도 이 갑작스러운 운명을 순순히 받아들이기란 너무 힘들었다. 송치수도 턱에다 힘을 주었지만 달리는 기차의 호흡이 빨라질수록 흐르는 눈물을 감출 수는 없었다.

박선은 강제 징용 가는 것이냐고 고선생한테 물었다. 고선생은 쫑긋 솟은 귀를 옆으로 나란히 눕히고는 살짝 고개를 끄덕였다.

"아니, 왜 이런 장면을 보여주는 거야? 그럼 혹시 우리 할아버지도 강제 징용을 당한 거야?"

다시금 그 옥상 파라솔 밑으로 돌아온 뒤에도 박선은 같은 말을 몇 번이나 물었다. 그래도 고선생은 확실한 말을 하지 않다가

"이게 여행의 묘미 아니니? 조금씩 추리하면서 알아가는 것."

그러다가 신해의 목소리가 들리자 어디론가 사라져버렸다.

박선은 집에 오자마자 드로잉북을 끄집어내서 가계표에다 적어놓은 송치수 씨 이름을 지우고 생각나는 대로 얼굴을 그렸다. 그 옆에다 '1942년 3월 강제 징용'이라고 설명글도 적었다.

그리고 아빠한테 카톡을 보냈다.

박선: 아빠, 혹시 할아버지도 강제 징용 당하셨나요?
박선: 그냥 역사 공부하다가 불현듯 할아버지 생각이 나서요.

10분쯤 뒤에 아빠한테서 답장이 왔다.

아빠: 아니, 그런 말 못 들었는데.
아빠: 요새 강제 징용 배상 문제로 한일 관계도 안 좋고 해서 관심을 갖나 보구나!

그렇다. 할아버지가 강제 징용을 가셨다면 아빠가 모를 리가 없다. 그렇다면 어떻게 해서 할아버지가 송치수 씨를 알게 되었을까. 물론 시간여행을 하다 보면 다 풀리겠지만 궁금증이 달아올라서 자꾸만 누군가에게 묻고 싶었다. 답답한 것은 더 이상 물어볼 사람이 없다는 사실.

그나저나 시간여행을 제법 한 것 같은데 아직도 의뢰인이 누군지, 전혀 감이 잡히지 않는다. 도대체 누구일까. 박선은 눈을 감고 할아버지, 할머니, 아빠, 엄마, 고모까지 차례로 떠올리면서 고양이처럼 가르랑거렸다.

　벌써 저녁이다. 지난봄 갑작스럽게 코로나 시기로 접어들었을 때만 해도 하루가 어찌나 길던지, 학교도 가지 않고 학원이며 과외가 중단되자 그동안 누군가에게 빼앗겼던 시간을 한꺼번에 다 돌려받은 기분이 들 정도로 혼자만의 시간을 즐겼다. 낮잠을 자도 시간은 남았고, 손가락이 아플 정도로 휴대폰에 매달려도 시간이 남았다. 그런데 고모네 식구들이 등장하면서 다시금 시간이 예전 속도로 돌아가고 있었다.
　박선은 과제를 마치고 일찍 자려고 침대에 누웠다가 보미의 카톡을 받았다.

　성보미: 박선, 미안! 아직 안 자니?
　성보미: 조금 전 신해랑 카톡했는데. 나 너희 집에서 오늘만 재워주면 안 돼?
　성보미: 나 사실 집 나왔거든. 엄마랑 싸웠어. 자세한 건 나중에.
　성보미: 신해는 괜찮다고 하던데.

　뭐야, 이것들이! 박선은 벌써부터 짜증이 났다. 이미 신해랑 보미는 자기들끼리 다 이야기를 끝내놓고 형식적인 동의를 구하고 있었으니까. 박선은 단호하게 안 된다고 말하고 싶었다. 오늘은 너무 피곤하고, 무엇보다도 아직 친구를 집까지 불러들인 적이 없었기 때문이다.

박선: 일단 엄마한테 물어보고.

성보미: 부탁이야. 나 갈 데 없어. 요새 코로나 때문에 찜질방도 일찍 문 닫고.

그렇게까지 말을 하니 차마 거절할 수가 없었다. 박선은 엄마한테 양해를 구하자마자 카톡을 보냈고, 놀랍게도 보미는 5분도 안 돼서 초인종을 눌렀다. 근처에 와 있었다는 뜻이다. 엄마가 처음 집에 오는 친구라고 하면서 반겨주었고, 보미가 배가 고프다는 말에 만두라면까지 끓여주었다.

보미는 2층으로 올라와서야 엄마랑 싸운 이야기를 늘어놓았다. 보미의 엄마가 외출하면서 일곱 살짜리 동생이랑 잘 놀고 있으라고 했다. 보미는 엄마의 말대로 종일 동생의 비위를 맞추면서 끼니까지 챙겨주는 봉사를 하다가 오후에 잠깐 밖에 나갔다가 왔을 뿐이었다. 하지만 그사이에 들어온 엄마는 보미를 호되게 꾸짖었다. 동생을 혼자 팽개쳐놓고 싸돌아다니는 것이 그렇게 좋냐고. 그런 일이 한두 번이 아니라서 보미도 화가 났으니, 이번에는 참지 못하고 맞받아쳤다. 그러다가 집을 뛰쳐나오게 되었다는 그런 이야기.

박선은 뭐 별일도 아니라는 생각을 하면서 자기 방으로 들어가다가, 이제부터는 신경 쓰지 않을 테니까 자고 가든 말든 알아서 하라는 눈빛을 보미에게 보냈다. 2층 거실이 넓기 때문에 이불만 있으면 열 명도 잘 것이다.

아, 그런데 갑자기 보미가 박선의 방으로 들어왔다. 박선이 무슨 일이냐고 했더니, 보미가 자꾸만 거실에 있는 신해를 곁눈질하면서 눈을 껌벅이는 게 아닌가.

"박선, 아무래도 나 여기서 자야겠는데."

"왜? 신해랑 둘이 이야기하면서 자면 되잖아. 어차피 신해가 널 초대한 거잖아."

보미는 계속 신해만 곁눈질했다. 신해도 박선을 보고는 미안하다는 말을 연달아 흘렸다.

"선아, 내가 누구랑 같이 잠을 자본 적이 없어서."

박선은 자기도 마찬가지라고 말하려다가 가만히 신해를 보니까, 오늘따라 뭔가 불안한 표정으로 말을 더듬거리듯이 흘리고 있었다.

"게다가 난 몽유병 증상도 있어서 보미가 자다가 놀랄까 봐. 선아, 너도 내가 한밤중에 깨어 있는 것을 몇 번 봤잖아? 그게 몽유병이라고."

박선이 설마 하는 표정으로 신해를 쳐다보는데, 보미가 재빠르게 이불을 들고 오더니 침대 아래쪽에다 던졌다.

"박선, 나 그냥 여기서 자도 돼."

박선은 신해한테 화난 눈빛을 일부러 감추지 않았다. 그런 다음 문을 닫았다. 참으로 어색한 시간이 흘렀다. 보미는 이불을 뒤집어쓰고 있었다. 묘하게도 그런 보미의 숨소리가 크게 들려 박선은 쉽게 잠 속으로 빠져들지 못했다.

얼마나 시간이 흘렀는지 모른다. 보미의 목소리가 들렸다.

"미안해, 박선. 네가 너무 부러워. 나도 이런 집에 살고 싶다. 내가 이런 데 살면 큰 강아지를 한 마리 키울 거고, 예쁘게 꽃밭도 가꿀 거야."

헛소리 그만하고 잠이나 자라는 말이 입 안에서 맴돌았다. 박선은 침을 연달아 삼켰다.

"나도 외동이면 얼마나 좋을까. 엄마랑 아빠의 눈빛을 오롯이 받을 수 있는."

언제부턴지 보미의 숨소리가 떨리고 있었고, 말소리도 떨리더니 결국 속울음까지 떨리고 있었다.

"박선, 난 말야, 난 허깨비 같아. 진짜 보미는 어딘가 숨어 있고, 허깨비가 이렇게 사는 것 같아. 미안해, 너한테도 허깨비만 보여줘서. 나 금수저 아냐. 우리 아빠도 그렇고. 다 거짓말이야. 아빠 지금 실업자야. 몸이 약해서 택배일 하다가 지난주에 또 쓰러지셨어. 그래서 새엄마가 일을 시작한 거야."

아, 그랬구나! 박선은 보미에 대해서 아는 것이 별로 없다. 새삼스러운 일도 아니다. 알려고 하지도 않았으니까.

보미를 잘 모른다는 사실이 오늘따라 왜 이렇게 미안해지는지. 그렇다고 뭐라 위로해줄 수도 없었다.

"난 말야, 그랬어. 초등학교 1학년 때 엄마가 돌아가시고 3년 만에 새엄마가 들어오고, 곧 동생이 생기면서부터 불안했어. 내가 버림받을까 봐. 그때까지는 공부도 잘하고 특히 수학을 좋아하고 잘했어. 근데 생각이 많아지고, 더 잘해야 한다고 스스로를 다그칠수록 불안해지면서 성적도 떨어졌어. 이제 가망이 없어져버렸어. 너도 잘 알겠지만, 어른들은 늘 그러지. 꿈을 많이 가져라. 꿈이 없으면 죽은 생명체나 다름없다. 근데 말야, 근데, 아무리 하고 싶은 일이 있어도 공부를 못하면 다 소용없잖아? 그니까 꿈이란 학교 성적에 따라서 배분되는 것이지, 개인이 하고 싶다고 해서 되는 게 아니잖아? 그래서 난 다 포기했고, 어서 어른이 되어 닥치고 돈이나 벌 거야. 수단과 방법 안 가리고. 진짜, 난 그렇게 살 거야!"

참으로 신기한 일은, 박선이 자기도 모르게 침대 아래로 내려와 있었다는 것이다.

"난 박선 네가 늘 부러웠어. 친부모 밑에서 외동으로 사는 게."

놀랍게도 어느새 보미가 박선의 손을 잡고 있었다. 박선은 그것이 어색하면서도 뿌리치지 못했다. 지금 힘들어하는 사람은 보미니까 위로를 받아야 하는 사람도 보미인데, 엉뚱하게도 박선은 자신이 위로받는 기분이었다.

보미가 잠이 들었다. 박선은 그 모습을 내려다보다가 화장실에 가려고 방문을 열었다. 신해가 창가에 서 있다가 뒤돌아보았다. 신해가 상황이 이렇게 되어버린 것에 대해서 미안하다는 표현을 하려 했지만, 박선은 구차한 변명은 듣기 싫었고 대신 진짜 몽유병이 있는지 궁금해했다. 신해는 대답 대신 쏘아보기만 했다. 참, 아무리 많은 시간을 두고 대화한다고 해도 신해하고는 생각이 조율되지 않을 것이다. 박선은 그렇게 체념해버렸다.

박선은 다시 방으로 가서 보미를 신기하게 내려다보았다. 어쩌면 낯선 곳에서 저렇게 편하게 잠을 잘 수 있을까. 그런 보미가 부러웠다. 낯선 시간조차 편안하게 소화시킬 수 있는 성격이. 그러다가 고선생을 떠올리고는 시간여행 티켓을 끄집어냈다. 침대 머리맡 벽에서 나온 하얀 고양이의 눈이 오늘따라 더욱 파랗게 빛났다. 저렇게 고양이의 눈이 파랗다는 것은 그만큼 이 방이 어둡다는 뜻이지만, 이 방에는 고양이가 이용하기에 충분한 양의 빛이 있다는 뜻이기도 하다. 박선의 눈도 그렇게 파랬다. 하얀 고양이가 "하악!" 하고 걱정스럽게 소리쳤다.

"이런 밤중에 왜 나를 불렀어? 난 괜찮지만 넌 아니잖아! 인간은 고양이하고 달리 환한 태양빛에 익숙한 동물이야. 그러니까 인간인 너는, 어둠의 시간에는 잠을 자야 한다는 뜻이야. 지금 시간여행을 하면 훨씬 피곤하니까, 아침에 하는 게 어때?"

"아니, 어차피 잠자기는 틀렸어. 할아버지의 시간 속으로 들어가고 싶어. 어떻게 해서 송치수 씨랑 알게 되었는지 알고 싶어."

"사실 여기서부터는 의뢰인이랑 내가 코스를 정하는 것이 쉽지 않았어. 워낙 보여주고 싶은 시간들이 많았거든. 하지만 여행이란 짧은 시간에 핵심을 보여줘야 해. 길어지면 여행객들이 지쳐서 아무리 좋은 풍경이라도 눈에 들어오지 않거든. 그래서 오랜 토론 끝에 정한 코스야."

그런 설명을 듣자 은연중에 기대가 되었다. 박선이 어서 가자고 재촉하자, 고선생이 침대 머리맡으로 걸어갔다. 고양이가 된 박선은 고르게 숨을 내뿜고 있는 보미를 내려다보다가 고선생을 따라갔다.

하얀 고양이와 노란 고양이는 어느 들길을 걷고 있었다. 박선은 잠깐 걸음을 멈추고 주위를 쳐다보았다. 마치 파노라마 사진을 찍듯이 넓은 들의 풍경이 눈에 들어왔다. 굼실굼실 연기가 피어오르고 노을이 산 너머로 흘러내렸다. 아직 벼설거지가 되지 않은 논에는 우스꽝스러운 분장을 한 허수아비가 천성 그대로 마냥 웃고만 있었다. 참새들은 벌써 허수아비의 정체를 간파하고는 그 근처에서 자유롭게 종알종알 배를 채우고 있었다.

구불구불 논길로 어떤 아이가 걸어왔다. 빡빡머리였다. 아이는 알 수 없는 노래를 부르고 있었고, 벼메뚜기들이 가득 꿰인 강아지풀 하나를 들고서 뛰듯이 걸었다.

박선이 묻기도 전에 고선생이 충실하게 가이드 역할을 하려고 하는지, 할아버지의 어렸을 적 모습이라고 하면서 '박윤'이라는 이름까지 귀띔해준다. 박윤은 몇 개의 도랑을 건너뛰고, 해바라기들이 수다를 떨고 있는 작은 골목으로 들어갔다. 골목이 거의 끝날 즈음에 작은 초가집이 나왔다.

박윤은 사립문 사이로 들어가다가 멈칫했다.

마당에는 어른들이 서성거리고 있었다.

키가 작고 깡말랐지만 눈빛에 강단 있어 보이는 사람이 말했다.

"이럴 때가 구장 노릇하면서 가장 힘들다네. 내가 어쩌다가 이런 일을 하게 되었는지 모르겠네만, 나도 어쩔 수 없다네."

"구장님, 만약 징용 당하면 어디로 가게 됩니까?"

이번에는 어깨가 약간 구부정하지만 키가 아주 커 보이는 사람이 말했다. 그 사람은 얼굴의 대부분이 하얀 수염으로 덮여 있었다.

"그야 모르지만, 대부분 일본 본토로 간다고 하는데. 공장이나 탄광 같은 데로 간다고. 어쨌든 자네의 허리가 안 좋다는 것이야 다 알고 있는 사실이고, 그럼 큰아들을 보내는 것으로 알겠네. 만약 이것을 어기면, 그땐 나도 책임 못 지네."

구장은 최종 결정을 하듯이 헛기침을 크게 내뱉고는 마당을 벗어나다가 박윤이 인사하자

"어, 윤아. 너 아랫마을 문초시 댁에 나락 베러 갔다고 하더니, 벌써 오는 거냐?"

하고 말했다. 뒤따라 나오던 박윤의 아버지가

"구장님!"

크게 불렀다. 구장이 멈칫하더니 뒤돌아섰다.

"혹시 우리 윤이도 가능한가요?"

그 말에 구장은 박윤을 흘깃 쳐다보고는

"윤이가 몇 살인가?"

"아, 열네 살입니다."

"아, 그럼 가능하지. 더 어린 애들도 간다네. 체구가 좀 작아서 어린 줄 알았더니."

박윤은 당황한 듯 허공을 쳐다보다가 아버지가 부르자 눈을 떨궜다.

아버지가 다가와서 그런 박윤의 어깨를 토닥였다.

"윤아, 몸이 성하면 아버지가 가야 하는데 그러지도 못하고, 그렇다면 큰형이 가야 하는데 집안 살림을 책임지고 있는 큰형이 가면 우리 집이 어려워지고, 작은형은 너도 알다시피 다리가 불편해서. 그러니 네가 가야겠다."

박윤의 꾹 다문 입술이 이미 모든 것을 체념하고 있음을 암시했다.

"일본에 가면 여기보다는 더 나을 거다. 운 좋으면 공장 다니면서 공부도 할 수 있고, 돈도 많이 벌 수 있고. 지금 당장 가자. 오늘 저녁에 기차역으로 출발해야 하거든."

구장이 박윤을 보고 다그치자, 아버지가 당황하면서 그래도 식구들 얼굴은 보고 가야 하지 않냐고 했다.

"그럴 시간이 없다네. 내일까지는 부산으로 가야 하니까."

그 말에 박윤이 뒷간 쪽으로 가더니 휘파람을 불었다. 그 소리를 듣고 어디 마실 나가 있던 누렁이가 달려왔다. 박윤은 아무도 모르게 뒷간에서 누렁이를 안고

"누렁아, 나 간다. 우리 부모님이랑, 형들이랑, 동생들 잘 부탁한다!"

그리고는 터져 나오는 울음을 참아내려고 손등으로 힘줘 닦아보았다. 그럴수록 눈물은 더욱 솟구쳤다. 눈물은 얼룩덜룩 더러운 뺨에 선명한 고랑을 내면서 흘러내렸다. 누렁이가 손

수건 같은 혀를 내밀어 그것을 닦아주었다. 그제야 눈물이 조금씩 잦아들었다.

이윽고 마당으로 나오는 박윤의 걸음걸이에는 이제부터 자기 삶을 스스로 책임져야 한다는 고독함이 느껴졌다.

박선은 거기까지 보고는 돌아서서 하얀 고양이가 웅크리고 있는 장독대 앞으로 갔다.

"고선생, 할아버지가 일본으로 강제 징용 당하셨네. 근데 왜 그런 말을 아버지한테 하지 않았을까? 여자여서 '위안부'라도 끌려갔었다면 후손들에게 말하지 않은 것을 이해할 수 있겠는데, 그것도 아니잖아?"

그 말을 듣고도 고선생은 하품만 해대고는 이제 현실로 돌아가자고 했다. 박선은 하얀 점이 있는 노란 꼬리를 빳빳하게 내리면서 고개를 흔들었다.

"나 몸 상태가 좋으니까, 어서 할아버지를 따라가보자. 일본 어디로 가는 거야?"

"박선, 너 진짜 괜찮겠어?"

고선생이 박선을 빤히 쳐다보기는 했지만, 눈보다는 냄새로 상대의 상태를 파악하고 있었다. 그런 다음 언제라도 피곤해지면 말을 하라고 하더니 허수아비 뒤로 걸어갔다. 박선은 자꾸만 허수아비한테 말을 걸고 싶은 충동으로 꼬리를 몇 번 흔들고는 하얀 고양이를 따라갔다.

이번에는 거대한 공장 안에 와 있었다.

"여기가 어디야?"

박선이 고선생한테 물었다.

"여긴 히로시마 비행기 만드는 공장. 전투기 말야, 전투기."

고선생은 그렇게 말을 흐리면서 공장 구석으로 사라졌다.

박선은 일을 마치고 나가는 소년 박윤을 보자마자 따라갔
다. 걸을 때마다 목이 긴 작업화가 자꾸만 벗겨지려고 했고,
온갖 기름얼룩과 알 수 없는 다른 얼룩들까지 덧칠된 잿빛 작
업복도 너무 헐렁해서 자꾸만 흘러내렸다. 그때마다 박윤은
허리춤을 끌어올렸다.

공장을 나온 박윤은 불현듯 뒤돌아보면서 공장 건물을 다시
세어보았다. 4개월 전에 왔을 때부터 생긴 버릇이었다. 모두
24개였다. 하늘을 뚫을 정도로 높이 솟은 거대한 굴뚝에서 검
은 연기가 솟구쳤다. 고양이인 박선의 눈에도 연기의 움직임
이 또렷하게 보였다.

강 하류 쪽으로 걸어가면 조선인 노동자들의 합숙소인 다코
방이 나온다. 수백 개의 다코방촌을 에워싸고 있는 철조망에
살찐 참새들이 매달려서 재잘거리고 있었다.

박윤은 걸음을 멈추고 팔을 벌려 허수아비 흉내를 내면서
헤헤헤 웃어보았다. 아무리 쫓아다녀도 벼논에서 몰아낼 수
없었던 놈들, 그래서 어른들은 참새를

"저런 여우 같은 놈들!"

하고는 온갖 허수아비들을 동원하기도 했지만 허사였다. 결국은 쩌렁쩌렁 목청 좋고 발이 빠른 아이의 일손 하나를 풀어놓아야만 그놈들을 조금이나마 성가시게 할 수 있었다. 벼설거지는 참새들을 얼마나 잘 단속하느냐에 따라서 수확량이 결정된다. 그러니 고향에 있을 때는 참새들만 보면 미웠는데, 낯선 타국에서 바라다보는 녀석들은 꼭 고향 동무들 같았다. 당장이라도 말을 걸면 반겨줄 것처럼.

이곳에 사는 참새들은 허수아비 흉내를 내는 박윤을 보고는 더욱 의심스러운 눈으로 쳐다보더니 결국은 날아가버렸다. 철조망 너머로 흐르는 강은 물비늘을 하염없이 반짝거린다.

"너 또 고향 생각하는구나!"

누군가의 목소리가 들렸다. 송치수였다. 2년 전에 이곳 히로시마로 온 송치수는 박윤이랑 같은 라인에서 일을 한다. 이곳에서 송치수는 숙련공이었고, 박윤은 이제 일을 배우는 중이었다. 그들은 비행기의 부품 만드는 일을 했다.

"저 강물이 바다로 흘러가니까, 저 강만 따라가면 조선에 닿을 수도 있을 것 같아, 형."

"그래, 그럴 거야."

송치수는 가만히 박윤의 어깨를 두들겨주었다.

박윤은 그런 송치수가 친형 같았다. 위로 형이 둘이나 있지만 그다지 친하지 않았다. 큰형은 너무 어른 같았을 뿐만 아니라 입이 무거워서 종일 말 한 마디 듣기 힘들었다. 둘째 형은 어려서 알 수 없는 병에 걸려 다리를 절었는데 그것이 동생 탓이라도 되는 것처럼 걸핏하면 생트집을 잡고 주먹질을 했다. 박윤은 둘째 형이 때리면 피하지도 않았다. 이상하게도 둘째 형만 보면 마음이 아팠고, 몇 대 맞고 나면 그제야 마음이 편안해졌다. 그런데 송치수가 따뜻하게 웃어줄 때마다 큰형보다는 둘째 형이 더 아련하게 떠올랐다. 박윤은 그 이유를 알 수 없었다. 자연스럽게 박윤은 송치수한테 의지했다. 만약 송치수가 없었다면 다코방을 탈출하여 저 강물로 뛰어들었을지도 모른다.

송치수는 무조건 참고 이겨내야 한다는 말만 했다.

"우린 나라도 없는 백성이잖아? 그러니까 아무도 우리를 돌봐주지 않는다는 뜻이야. 우리가 스스로를 지켜내야 해. 살다 보면 좋은 날이 올 거야."

"형, 근데 왜 월급은 안 줘? 난 아직 한 번도 월급을 받지 못했는데."

송치수는 다시 한숨을 내뱉었다.

"나도 월급을 받지 못한 지 1년도 넘어. 첨에는 적지만 월급을 제대로 줬는데, 언제부턴지 월급을 안 주고 있어. 그렇다는 것은 왜놈들 사정이 좋지 않다는 뜻이야. 지금 신문이나 라디

오에서는 일본군이 승승장구하고 있다고 떠들어대지만, 일본 전역이 미군의 폭격을 받고 있는 것은 누구나 아는 사실이야. 어쩌면 우리 공장도 폭격받을 수 있으니까 항상 조심해. 사이렌이 울리면 무조건 안전한 곳으로 숨어야 해."

송치수는 박윤의 손을 잡고 다코방들이 어깨를 맞대고 있는 마을로 걸어갔다.

"윤아, 넌 돈 많이 벌면 뭐 하고 싶니?"

"학교 다니고 싶어. 그래서 미술 선생님 하고 싶어."

"아, 참. 넌 그림 잘 그리지? 이야, 배우지도 않았는데 그렇게 잘 그리니? 넌 재주가 많아서 좋겠다. 난 아무 재주가 없어서."

"형은 일 잘하잖아."

"그런가?"

송치수가 슬쩍 박윤을 쳐다보면서 웃을 즈음 갑자기 사이렌이 울렸다. 공습경보였다. 송치수가 뭐라고 소리쳤고, 동시에 박윤도 뛰기 시작했다. 그들은 근처 방공호 속으로 몸을 굴렸다.

다행스럽게도 폭격은 없었다. 공습경보 해제를 알리는 사이렌이 울렸는데도 그들은 한동안 일어나지 않았다. 나란히 누운 채 하늘을 보고 있었다. 그만큼 배가 고프고 지쳐 있었다.

그때 고선생이 나타나서 서둘러 돌아가자고 했다. 박선은 더 이상 우길 수 없었다. 슬슬 몸이 피곤해진다는 것을 알았기 때문이다.

박선은 고선생을 따라가면서도 할아버지가 왜 저런 사실을 후손들에게 숨겨야만 했는지 물었다. 물론 고선생은 한 마디 말이 없었다. 박선은 생각나는 대로 떠벌렸다.

"혹시 말야, 할아버지가 일본에 있을 때 후손들에게 말할 수 없을 정도로 좋지 않은 일이 있었다는 뜻인가? 뭔가 큰 죄를 지었다거나!"

앞서 가는 고선생은 한 마디도 대꾸하지 않았다.

지구와 외계 행성이
충돌한 게 아닐까?

그다음 날 박선네 가족은 갑작스러운 여행을 떠났다.

아빠가 휴가를 얻었다고 하면서 할아버지 할머니를 떠나보
낸 그 강가에 갈 예정이라고 하자, 박선이 동행하겠다는 뜻을
표시했다. 아침에 신해가

"아, 좋다. 어딘가로 떠난다고 하니까!"

설레는 눈빛을 보일 때까지만 해도 신해와 같이 가게 되리
라고는 전혀 생각하지 않았다. 그런데 엄마랑 고모까지도 나
설 준비를 하고 있었다. 그제야 엄마가 일이 커지게 된 이유를
설명해주는데, 꼭 여행 가이드 같았다.

"우리 식구만 갈 수는 없잖아? 그래서 고모한테 물어본 거
야. 신해한테도 물어보고. 그러자 신해가 먼저 무조건 따라가

겠다고 한 거지. 그래서 이 기회에 식구들 다 바람이나 쐬고 오자고 결정했고, 근처에 펜션도 하나 잡았어."

박선은 딱히 준비할 게 없었다.

아빠가 운전하는 승용차가 금강 상류의 어느 작은 마을에 도착했다. 그 마을에서도 계곡을 거슬러 한참을 올라가자 잣나무 상록수들이 일가를 이룬 골짜기가 나타났다. 바로 그 골짜기에 펜션 몇 동이 기생하고 있었다. 그곳에다 짐을 풀고는, 한동안 잣나무들이 뿜어내는 숨소리와 바람 소리에 취해 있다가 다시 강물이 흐르는 쪽으로 갔다.

강변에는 자전거길이 잘 닦여 있었다. 아빠는 아직 철들지 않은 코스모스들이 까불거리는 그 길을 따라가다가 물개 형상의 바위가 우뚝 솟아 있는 강가로 내려갔다. 수억 년간 부서지고 부서지면서 여기까지 걸어온 저 바위야말로 이 세상 모든 서사를 다 간직하고 있는 것만 같았다. 강물은 실핏줄을 파랗게 떨면서 숨을 쉬고 있었다. 그때마다 잔주름이 밀려왔다.

엄마랑 아빠는 돗자리를 펴고 간단하게 제사상을 차렸다. 박선은 태어나서 처음으로 할아버지 할머니한테, 그리고 송치수 씨에게 절을 했다. 이 장난스럽고도 형식적인 의식이 묘하게도 박선을 숙연하게 했다. 신해는 준비해온 음식을 먹을 때까지도 아무런 말이 없었다. 그러더니 박선이 산책을 하려고 일어나자 슬그머니 따라오는 것이었다. 푹 눌러쓴 신해의 하늘색 모자가 주변 풍경이랑 잘 어울렸다.

신해는 어디까지 알고 있을까. 할아버지가 강제 징용 당했다는 것도 알까?

박선은 까불까불 흔드렁거리는 코스모스 길을 걸어가다가 따라오는 신해한테

"넌 어디까지 아니? 할아버지 할머니에 대해서."

무심코 물어놓고도 대답은 기대도 하지 않았거늘, 그녀가 빠르게 걸어오면서 말했다.

"대충은 다 알아."

"그럼 송치수 씨에 대해서도?"

"아까 외삼촌이 말할 때 첨 들었어. 대체 그분이 누구야? 외삼촌 말로는 그분 때문에 외할아버지 외할머니도 여기에다 유골을 뿌리게 되었다고 했잖아?"

박선은 시간여행을 하면서 알게 된 이야기라도 해주려다가 그만두기로 했다. 그분 이야기가 중요한 것 같지 않았다.

신해도 더 이상 묻지 않았다.

둘은 한 시간이 넘도록 걷다가 매점이 나와서야 물이랑 과자를 사서 나눠 먹었다. 신해가 박선을 보고는

"너도 걷는 거 좋아하네?"

그 말을 했을 때, 아니라고 고개를 흔들 뻔했다. 박선은 이렇게 먼 시간을 걸어보기는 처음이다. 이렇게 많이 걷고도 탈

이 없는 발이 대견스러우면서도 은근히 걱정되었다.

"난 걷는 걸 가장 좋아해. 미국에서 좋았던 것은 늘 걸어 다녔다는 거야. 하루 종일 걷기도 했고, 몇 시간 정도 걷는 것은 보통 일이었어. 걷다 보면 잡념이 사라지고 좋았어."

언제부턴지 신해가 말이 많아지고 있었다. 그것이 이 아름다운 길 때문인지 아니면 원래부터 말이 많은 아이였던 건지, 그 아이의 마음에서 어떤 변화가 생긴 건지 알 수 없지만, 다른 건 몰라도 인간이란 걷다 보면 말이 많아지는 것은 맞는 것 같았다. 은연중에 박선도 자꾸만 말을 하고 싶었기 때문이다. 다만 신해의 말을 막고 싶지 않아 꾹 참고 있을 뿐.

"아 참, 너 지섭이 좋아해? 내가 보기에는 보미도 은근히 지섭을 좋아하는 것 같던데."

박선은 한 마디도 대꾸하지 않았다. 실은 요즘 지섭이랑 보미의 사이가 좋지 않다는 것을 알려주고 싶었고, 그들의 성격이 얼마나 다른지 강조해서 말하고도 싶었다. 만약 누군가 그들의 관계를 조율해주지 않는다면 그들이 친구로 지낸다는 것은 불가능한 일이다. 하지만 군이 그 사실을 짚어줄 필요가 없다고 중얼거렸다. 나중에 차차 다 알게 될 테니까.

"그놈 참 묘하지? 누구나 걔를 처음 보면 호감을 갖지 않을 거야. 근데 이상해. 보면 볼수록 야금야금 마음속으로 스며들거든. 말투, 행동, 웃음, 생각, 다 좋아져. 그러다가 걔 노래 들으면 마법처럼 푹 빠져버리지. 알지? 지섭이 노래 잘한다는 거. 아예 그쪽으로 나가도 될 것 같더라. 우리가 결혼하려고 사귀는 것도 아닌데, 그 정도면 괜찮은 놈 아니냐?"

박선은 뭐라 대답할 수는 없었으나 이런 말을 덧붙여주고 싶었다. 적어도 그놈은 뭔가 다르다고. 그놈은 자기만의 시간을 갖고 살아간다. 그래서 그런지 절대 서두르지 않고 자기만의 방식으로 일정한 리듬을 가지고 있다고.

아무튼 박선은 걸을수록 정신이 맑아졌다. 자신의 심장이 단순한 기계가 아니라 어떤 곳을 항해하는 거대한 엔진 같았다. 걸으면 걸을수록 주위가 보이고, 잊었던 과거까지 생각나고……. 걷는다는 것, 그것은 사유하는 것임을 깨달았다.

노을이 질 무렵에 펜션으로 돌아왔다. 그때부터 허기가 쏟아지고, 어둠 속으로 잔별들이 쏟아지고, 졸음까지 쏟아졌다. 그만큼 많은 시간을 걸었으니 그 시간의 무게가 쏟아진 모양이다.

"피곤할 거야. 우리 딸이 저렇게 걸어본 것은 처음이거든."

엄마의 말투에도 딸을 대견하게 추켜세우는 뿌듯함이 숨어 있었다. 박선은 잠이 들었다가 눈을 떴다. 새벽 2시였다. 2층에서는 어른들 목소리가 한창이었다.

여기에서는 집하고 달리 1층을 신해랑 박선이 차지했고, 어른들은 스스로 2층을 택하여 일찌감치 자리 잡았다. 모처럼 일상의 고삐가 풀린 어른들이 늦게까지 놀겠다고 작정한 결과였다.

박선이 화장실 변기에 앉자 2층에서 도란거리는 어른들 목소리가 또렷하게 들렸다. 왜 이런 현상이 나타나는지 모르겠다. 아무튼 화장실은 1층과 2층의 목소리를 증폭시켜서 전달해주는 역할을 하고 있었다.

"오빠, 안 피곤해?"

고모의 목소리는 더 또렷했다.

"괜찮아. 너 피곤하면 들어가서 자라."

"난 괜찮아. 오빠랑 이렇게 편하게 마주 앉아서 밤새워 이야기할 날이 다 오네."

그것은 나이 든 오누이의 평범한 대화였는지라 더 이상 귀를 기울여 듣고 싶지 않았다. 박선은 변기의 물을 내린 다음 밖으로 나가려다가 멈칫거렸다.

"오빠, 난 사실 쉰 살까지만 살았으면 했어. 근데 쉰이 넘도록 살았잖아? 온갖 병치레를 하기는 했지만 그래도 이 정도면 건강하게 살아온 편이고."

"그래, 이 정도면 잘 살아온 거야. 그나저나 요새 우리 선이가 자꾸 할아버지에 대해서 물어보고 그런 걸 보니 크긴 컸나봐. 근데 왜 아버지가 다른 형제들하고 의절하고 사셨을까?"

순간 박선은 침을 꼴깍 삼켰다.

"오빠, 그거 진짜 몰라?"

"모르지. 아무도 이야기해주지 않았으니까."

"난 대충 아는데."

박선은 화장실 문 쪽을 쳐다보았다.

"그게 무슨 말이야?"

아빠의 목소리가 커졌다.

"고등학교 때 오빠가 심근경색 수술을 받았잖아. 그때 알았어. 우연히 엄마랑 아버지가 하는 말 들었거든. 오빠, 진짜 몰라?"

"대체 그게 무슨 말이니?"

"아, 진짜 모르는구나! 그럼 나중에, 나중에 날 잡아서 그런 이야기를 하자. 오늘은 그렇고. 오빠랑 나만 있을 때……."

아빠가 뭐라고 다그쳐도 고모의 목소리는 더 이상 들리지 않았다.

그때부터 박선은 더욱 혼란스러웠다.

아침에 휴대폰을 본 박선은 깜짝 놀랐다. 지섭이가 코로나 검사에 양성으로 판정되었고 지금 집에서 치료소로 이동할 준비를 하고 있다는 소식이었다.

송지섭: 어제 오후에 코로나 검사를 받고 줄곧 대기 중이었어. 이미 아빠가 코로나 양성 판정을 받았으니까 엄마랑 나도 어느 정도 마음의 준비는 하고 있었어.

송지섭: 아빠가 콜센터에서 근무하시거든. 거기서 코로나가 엄청 나왔어.

송지섭: 난 아무 증상이 없지만 엄마는 지금 안 좋아.

송지섭: 그래서 조금 두렵기도 하고.

은연중에 몸에서 한기가 느껴지는 것 같았다. 그렇게 몸이 떨렸다. 코로나 바이러스가 점점 압박해오고 있는 느낌이었다.

박선: 어쩌냐? 가서 위로해줄 수도 없고.

박선: 지섭아, 힘내!

지섭이가 보미한테 알리지 않았다고 한 걸 보면 여전히 둘 사이가 냉랭하다는 뜻이다. 박선은 카톡방에다 지섭이 소식을 올렸다. 그러자 지섭이도 슬그머니 자신의 상황을 다시 알렸고, 보미랑 신해도 들어와서 그를 위로하였다.

박선은 펜션을 나왔다. 내일까지 머무를 예정이니까 마음은 편안하면서도 지섭이를 떠올리면 왠지 한숨이 나왔다.

길은 골짜기에서 발원한 냇물과 함께 나란히 걸어가고 있었다. 그 길에다 몸을 맡겨놓았더니 할아버지 할머니의 유골이

뿌려진 강가로 데려다주었다. 오늘도 저 햇살은 아낌없이 쏟아지면서 자신을 온전히 맡기고는 경건한 의식을 치르는 것 같았다. 그런 의식을 통해야만 비로소 서로를 자기 몸처럼 받아들이는 모양이다. 그런 생각을 하다가 박선은 둥글납작한 돌멩이를 집어 강물에다 던졌다. 돌멩이는 물껍질을 벗기면서 미끄러져간다. 박선은 일부러

"야아, 내가 이런 재주도 있구나!"

소리치다가 고선생을 떠올렸다. 박선은 호주머니에서 시간여행자 티켓을 끄집어내고 고선생을 불렀다. 코스모스 길에서 하얀 고양이가 내려오고 있었다. 그 고양이는 앞발을 똑바로 세운 채 앉아서 조용히 물비린내를 맡았다.

"만약 물이 흐르고 흘러서 바다로 흘러가기도 하고, 다시 바다에서 흘러오기도 한다면…… 저 강물이 내 몸일 수도 있겠네."

박선은 그게 무슨 뜻이냐고 물었다.

"뭐 그저 그렇다는 뜻이지. 중요한 것은 아니니까."

"알았어. 근데 왜 신해는 송치수 씨에 대해서 모르지? 나한테는 할아버지가 강제 징용 당하기 전에 송치수 씨의 시간 속을 여행하게 했잖아?"

"그건 박선 너와 신해의 시간여행 코스가 달랐기 때문이야. 신해의 시간여행 코스에서는 송치수 씨에 대한 시간여행이 할

아버지가 징용 당한 이후에 잡혀 있었거든. 자, 오늘은 누구의 시간 속을 여행하고 싶은 거야?"

햇살 때문에 고선생의 동공은 최대한 수축되어 있었다.

그 순간 박선은 고양이한테도 선글라스가 필요하다는 생각을 했다. 초록색 우주인 풀숲은 햇살 때문인지 더욱 오래된 회색빛으로 보였지만, 그곳에서 생을 꿈꾸고 있는 온갖 풀벌레들의 움직임을 정확하게 알 수 있었다. 사실 풀밭에서 보호색을 갖춘 영리한 곤충들을 상대하기에 그녀의 눈은 거의 무용지물이나 다름없었다. 그 대신 그녀의 귀는 애벌레들이 기어다니는 발자국 소리까지도 포착할 수 있었고, 입가에 심어진 수염들은 그 하나하나가 무엇이든 닿기만 하면 상대의 정체를 알아냈다. 하하, 박선은 저도 모르게 탄성을 지르면서 소리쳤다.

"오늘은 고선생이 가자는 대로 갈 거야."

"좋아, 그럼 가자고."

하얀 고양이는 뾰족한 귀를 뒤로 젖히고는 가르랑거리면서 갈대숲으로 조심조심 걸어갔다. 박선은 눈을 감고 따라가다가 갑자기 시끄러운 소리에 놀라 눈을 떴다. 거대한 공장이 눈앞에 나타났다.

박윤이랑 송치수가 일하는 일본 히로시마의 비행기 공장이었다. 뭔가 분위기가 어수선했다. 사람들은 조금 전에 고막을 난타한 사이렌의 여운을 떨치지 못한 채 하늘만 쳐다보았다.

"방금 전에 공습 사이렌이 울렸는데, 정작 미군 전투기들은 한 대도 나타나지 않았어. 그래서 사람들이 화가 난 거야. 왜 미군 전투기가 나타나지도 않았는데 공습 사이렌을 울리냐고 하는 거지. 지금은 일본이 미국이랑 전쟁을 하고 있어. 1945년 8월이야."

"아, 그렇구나. 그럼 곧 우리나라가 해방되겠네."

철야를 마친 한 무리의 노동자들이 지친 눈빛으로 공장을 빠져나오고 있었다. 하늘에는 구름 한 점 없었다. 왜가리 한 쌍이 하늘하늘 공장 위로 날아갔다. 조금 전에 신경을 건드린 사이렌 소리 때문인지 노동자들은 그런 하늘을 계속 두리번거렸다. 공장 지붕 위에 모여서 아침 조회를 하던 참새들이 햇살을 부수면서 날아오르는 찰나였다. 세상이 쪼개지는 듯한 엄청난 폭발음과 함께 땅이 흔들리기 시작했다. 고양이의 발바닥은 땅의 움직임에 아주 예민해 지진이 아무리 은밀하게 시동을 걸어도 이미 알아차리고는 안전한 곳으로 대피했는데, 지금 느껴지는 파장은 그런 진동하고는 차원이 달랐다. 모든 고양이들이 지금까지 한 번도 경험해보지 못한 어마어마한 혼란이었다.

폭풍이 거칠게 박윤을 집어서 옆으로 팽개쳐버렸고, 그와 동시에 정신을 잃었다.

사방에서 불이 타오르고, 연기가 치솟고, 악마들이 그 연기를 휘몰아치면서 낄낄거렸다. 하늘과 땅은 태초에 지구가 생겨날 때처럼 혼란스러웠다. 아무도, 뭐라, 그 상황을 설명할 수가 없었다.

하얀 고양이가 자박자박 박선에게 오더니

"예전에도 내가 말한 적이 있지만, 우린 시간여행자이기 때문에 저렇게 세상이 뒤집혀도 아무런 영향을 받지 않아. 그러니 안심해."

그래도 박선은 그 강렬한 빛 때문에 연달아 눈을 깜빡였다. 멀쩡하던 세상이 한순간에 싹 사라져버렸다. 거대한 공장 건물은 물론이요, 그 주변에 있던 온갖 건축물들까지. 지구가 외계의 행성이랑 충돌하지 않는 한 이런 일은 일어날 수 없을 것 같았다.

"윤아! 박윤!"

어디선가 송치수의 다급한 목소리가 들렸다.

무너진 공장 건축물 잔해 속에 깔려 있던 박윤은 그 목소리를 듣고 눈을 떴다. 꼼짝도 할 수 없었다. 박윤은 살려달라고 소리쳤다.

송치수는 박윤을 안심시켰다. 형이 구해줄 테니까 걱정하지 말라고 하면서 힘겹게 하늘을 쳐다보았다. 어느새 세상은 캄캄해졌다. 분명 오전 8시가 조금 넘었을 뿐이거늘, 그러니까 수만 년 동안 이어져온 밤과 낮의 경계가 무너지면서 쏟아져 내리는, 정체를 알 수 없는 무질서한 어둠이랄까.

노란 고양이인 박선은 은연중에 몇 번이나 눈을 떨었다. 고양이 특유의 눈으로 그 어둠을 꿰뚫어 보려고 했다. 그럴수록 어둠은 더 깊고 무겁게 보였을 뿐이다. 박선은 어떻게 된 거냐고 고선생한테 물었다. 가이드가 이럴 때 필요한 게 아니냐고 덧붙이면서.

"때론 가이드 말을 듣는 것보다 그냥 보는 게 더 좋을 때가 있어."

순간 박선은 시간여행을 갈무리한 뒤 가이드를 평가하게 된다면 가장 낮은 점수를 주겠다고 가르랑거리고 또 가르랑거렸다. 그러면서 저도 모르게 꼬리에다 힘을 주고 곧추세웠다.

세상에나! 검은 빗방울까지 떨어졌다. 그러자 흙살이 깊게 패였고, 이내 속살이 검게 변했다. 땅속 깊은 곳에다 발을 묻고 살아가던 나무들은 죄다 쓰러져 있었다.

송치수는 입술을 타고 흘러드는 빗물을 빨아먹으면서 건축물 잔해를 치우기 시작했다.

갑자기 하얀 고양이가 박선을 꼬리로 툭 치더니 무슨 소리가 들리냐고 물었다. 아직도 폭발음은 계속 이어지고 있었다. 아이고오! 아이고오! 아우성치고, 살려달라고 소리치고, 하느님을 찾고, 엄마를 부르고, 울고, 미친 듯이 부르짖고……. 그런 소리들이 고막을 난타했다.

그러다가 무엇인가 눈에 들어온다. 파닥파닥 날개를 치면서 뒹굴고 있는 참새들. 십여 마리의 참새들이 살려달라고 파닥파닥. 대여섯 마리의 물오리들은 무너진 철조망 사이에서 엄마를 부르고 있었고, 왜가리들은 하느님을 부르면서 비틀비틀 걸어가다가 쓰러졌다. 새들도 신을 찾는구나! 인간은 그들만이 영혼을 갖고 있으며, 당연히 신을 믿는 것도 자기들뿐이라고 생각했는데, 그게 아니었다. 박선은 처음으로 그걸 알았다.

"네가 만약 고양이가 아니고 인간이었다면 여기저기 아우성치는 인간들만 보일 거야. 고양이라서 인간들 외에도 다른 것이 보이는 거야. 사실 인간들보다 수천 배 수만 배 많은 다른 생명체들이 죽어갔거든. 그에 비하면 인간들 피해는 별것 아닐 수도 있어."

고양이와 개들의 시체가 가장 많이 보였고, 너구리와 원숭이로 보이는 것들, 족제비와 토끼로 보이는 것들도 불이 뜯어먹고 있었다. 물론 인간의 시체들도 보였으나 고양이의 눈으로 보아서 그런지 특별하게 더 끔찍해 보이지도 않았다. 그냥 수많은 동물 사체 중 하나일 뿐. 가령 닭이나 꿩, 까치, 혹은 까마귀 같은 새들, 쥐나 뱀, 개구리, 지렁이 같은 작은 사체들하고 똑같은 무게로 보였을 뿐.

누가 이 세상을 지탱하고 있는 경계를 허물어트렸는지 알

수는 없었다. 다만 이 세상에 살고 있는 모든 것들, 어쩌면 흙이나 강물까지도, 어쩌면 바람이나 햇볕까지, 어쩌면 삼신할미나 산신령 같은 신들까지도 무사하지 못할 것 같았다.

우엑, 엑, 어억!

박선은 토악질을 하였다. 눈에 보이는 저 혼란을 지배하는 시간은 실제로 박선에게 전혀 영향을 주지 못하고 있는데도, 그 고양이는 그곳의 모든 빛과 냄새와 소리를 느끼고 있었다. 박선은 저도 모르게 꼬리를 위아래로 흔들다가도 바닥을 치면서 마구 신경질을 부리듯이 흔들어댔다. 그만큼 혼란스럽고 힘들었다.

근처에서 송치수가 박윤을 부르는 소리가 들렸다.

"윤아, 정신 차려. 이제 조금만, 거의 다 되어간다."

그제야 정신을 차리고 눈을 뜬 박윤은 송치수한테 무슨 일이 일어난 거냐고 물었다. 미군 폭격기들이 날아와서 소이탄을 떨어트린 것을 보지도 못했다고 하면서. 검은 비는 계속 쏟아졌다. 송치수의 온몸으로 검은 피가 흘러내리는 것 같았다.

뜻밖에도 박윤은 다친 곳이 없었다. 물론 몇 군데 심하게 멍이 들거나 상처가 나서 피가 흐르는 게 보였으나 오히려 상처는 송치수가 더 심했다. 송치수는 얼굴에도 큰 상처가 보였다. 특히 왼쪽 팔은 피부가 부풀어 오르고 물집까지 생겼다.

"일단 피하자!"

그들은 서로를 부축한 다음 평소 훈련받은 기억을 떠올리면서 방공호를 찾아갔다. 방공호마다 이미 다친 사람들의 비명으로 가득 차 있었다. 그들은 다른 곳을 찾아가다가 강으로 발길을 돌렸다. 태초에 물에서 생겨난 생명의 본능 때문에 그랬는지도 모른다. 물가에서 편안하게 위로받을 것 같았고, 한없이 품이 넓은 강물이 아픈 상처를 달래줄 것 같았고, 어쩌면 그들이 모르는 어떤 희망을 줄 것만 같았다. 그들처럼 본능적으로 몰려든 사람들이 강가에 북새통을 이루고 있었다. 누군가는 그 강물을 보고 통곡했고, 누군가는 그 강물을 마셨고, 누군가는 그 강물이랑 살을 섞으며 기도했다.

인간들뿐만 아니라 다른 동물들도 강으로, 강으로 그렇게 검게 변해버린 강으로 몰려들었다. 헤아릴 수 없을 만큼 많은 죽음들이 어디론가 흘러가고 있었다. 강은 그렇게 인간과 다른 동물의 경계를 허물어트렸고, 그들을 모두 끌어안은 채 어디론가 흘러갔다.

강물로 목마름을 겨우 달랜 그들은 멀지 않은 곳에 임시 치료소가 생겼다는 말을 들었다. 그때부터 다시 서로를 부축하면서 비틀비틀 걸었다. 반쯤 허물어진 중학교에 설치된 임시 치료소에 도착했을 때는 늘어선 줄의 끝이 보이지 않았다. 부상자들은 군대랑 정부는 왜 아직까지 오지 않냐고 불만을 터트리기도 했고, 미국이랑 끝장을 봐야 한다고 결의에 차서 부

르짖다가 송치수랑 박윤을 보고는

"이런 조센징들이, 빨리 꺼져! 지금 우리 일본인들도 치료받기 힘든 판에……."

하고 핏대를 세웠다. 송치수가 재빠르게 박윤의 손을 잡고 뛰기 시작했다. 조금만 늦었더라면 그들에게 맞아 죽었을지도 모른다.

"우리가 조선인이라는 사실을 잠시 잊었구나!"

눈에 보이는 것이라곤 죄다 부서지고 쓰러진 잔해들뿐. 어떻게 이런 파국이 일어났는지 아직도 이해가 되지 않았다. 어제 아침에는 미군기들의 폭격도 없었다. 그래도 뭔가 터졌다. 아니면 뭔가 충돌했거나! 어쨌거나 시간은 멈추지 않았고, 무엇인가는 썩어가고, 또 무엇인가는 살아가려고 파닥거리고 있었다.

박윤은 길가에 떨어져 있는 신문을 집어 들었다. 오늘자 신문이었다. 송치수가 그것을 달라고 하더니 유심히 훑어보았다. 갑자기 히로시마가 지옥으로 변해버린 것에 대해서는 아무런 소식도 없었다. 그러니 더 불안했다. 진짜 지구가 외계 행성이랑 충돌한 것일까.

박선은 하얀 고양이에게 힘없이 말했다.

"고선생, 뭐야? 진짜 지구가 외계 행성이랑 충돌한 거야?"

당연히 고선생은 아무런 말이 없었다.

"아, 피곤하다. 고선생, 오늘은 그만 돌아가면 안 될까?"

박선의 입에서 그런 말이 나올 줄은 진짜 몰랐다. 그러면서 박선은 자꾸만 두 귀를 옆으로 돌렸다. 그만큼 불안하다는 뜻이었다. 고선생은 이해한다고 눈을 깜빡이면서도 조금만 참으라고 혀로 박선의 귀를 핥아주었다.

"여행을 하다 보면 피곤해도 꼭 봐야만 하는 경우가 있잖아? 그렇다고 다음에 다시 여기로 올 수는 없거든. 그럼 정해진 다른 일정을 빼야만 하니까. 그건 의뢰인과 합의해야 하는 문제야. 자, 조금만 참아."

"알았어. 근데 지금 우리가 보는 장면들이 혹시 원자 폭탄……."

순간적으로 히로시마에서 원자 폭탄이 터졌다는 것이, 역사책에서 본 그 버섯구름의 한 장면이 떠올랐다가도 아닐 거라고 박선은 고개를 흔들었다. 그 버섯구름이 보이지 않았으니까. 하지만 고선생이 끄덕이는 순간 갑자기 숨이 탁 막혔다.

"허걱, 할아버지가 원자 폭탄이 떨어진 히로시마에. 아, 말도 안 돼!"

저도 모르게 박선은 앞발로 가슴을 쳐댔다. 돌멩이 같은 것이, 얼음덩어리 같은 것이, 아니 말랑말랑한 흙 같은 것이, 아니 뾰족한 나뭇가지 같은 것이, 검은 강물 같은 것이 가슴에 걸려서……. 아, 아무리 가슴을 쳐도 내려가지 않았다. 부서지고, 죽어가고, 아우성치는 그 모든 것들. 그것들이랑 다른 시간 속에 있다는 것을 알면서도 자유로울 수 없었다. 과거와 현재라는 시간의 구분은 아무런 의미가 없었다.

박선은 간신히 그들을 따라갔다. 송치수랑 박윤은 숙소인 다코방이 있었던 곳으로 갔다. 사람들이 있는 곳으로 가야 먹을 것과 약이라도 구할 수 있을 거라는 판단으로.

박윤은 송치수를 따라가다가 고양이 울음소리를 들었다.

"형, 고양이야."

제법 큰 집이 무너진 곳에서 고양이가 계속 살려달라고 울부짖고 있었다.

"안 돼. 고양이는 구할 수 없어."

송치수가 고개를 흔들었다. 그래도 박윤은 고양이 울음소리가 나는 곳으로 가더니

"형, 저 고양이도 우리 조선인이나 마찬가지예요. 일본인들은 치료라도 받을 수 있지만 우리 조선인들이랑 저런 동물들은 치료도 받을 수 없잖아요! 구해주고 싶어요!"

건축물 잔해를 손으로 치우기 시작했다. 옆에서 한숨을 쉬던 송치수도 같이 거들었다. 몇 시간을 쉬지 않고 일을 했는데도 고양이는 보이지 않았다.

나이가 지긋한 할아버지가 지나가면서 소리쳤다.

"뭐 하는 거야, 너희들?"

그때 고양이 소리가 나자

"뭐야, 고양이를 구하려고? 저런 멍청한 조센징 놈들은 하여간…… 사람도 구하지 못하는 이런 난리통에 하찮은 짐승인 고양이를 구해내려고 저러다니!"

뭔가를 발로 차면서 사라졌다.

그래도 그들은 멈추지 않고 일을 해서 고양이를 구해냈다. 하얀 고양이였다.

박선은 순간적으로 고선생을 보고는

"뭐야, 저 고양이는 고선생이랑 꼭 닮았잖아? 혹시 고선생 아냐?"

그러자 고선생이 저도 모르게 혀로 코를 핥으면서 고개를 끄덕였다.

"아, 그랬구나! 고선생도 히로시마에서 살았구나!"

이것은 전혀 예상하지 못했던 일이다. 고선생도 할아버지하고 관련이 있었다니!

"난 이 장면을 시간여행 코스에서 빼려고 했는데, 의뢰인이 워낙 강하게 주장해서 어쩔 수 없이 집어넣은 거야. 어쨌든 난 주인공이 아니기 때문에 크게 신경 쓸 필요가 없어. 자, 이제 돌아가자. 박선, 네가 너무 힘들어 보인다."

박선은 더욱 힘들었다. 꼬리를 들어 올릴 힘도 없었고, 그냥 어딘가에 눕고만 싶었다. 고선생이 느릿느릿 무너진 건축물 사이로 걸어갔다. 박선도 타박타박 그 뒤를 따라갔다.

어느새 둘은 강가 갈대숲으로 돌아왔다. 박선은 모래사장에 모든 허물을 벗듯이 몸을 눕혔다. 눈을 감았다. 세상 모든 소리가 다 들린다. 제법 멀리서 울려대는 자동차 경적 소리, 하늘을 가르듯 질러가는 비행기, 개들의 짖어댐, 새들의 다툼, 물의 중얼거림, 바람의 재잘거림, 풀의 흔들림, 들쥐, 온갖 곤충들의 사소한 갈등들. 세상 모든 말에 귀를 기울이는 것은 신이라고 했다. 그렇다면 신이란 바로 이 땅이다. 땅이야말로 세상 모든 것들의 말을 항상 들어주기 때문이다. 박선은 만약 자신이 어떤 신을 믿게 된다면, 이 땅부터 믿게 될 것이라고 끝없이 중얼거렸다. 세상 사람들이 샤머니즘이라고 손가락질을 한다고 해도.

하얀 고양이도 옆에 누웠다.

"고양이의 눈으로 그 저주받은 시간을 보여주고 싶었어. 인간들이 수천 년간 믿고 찬양해온 그 어떤 신도 원자 폭탄이라는 괴물을 막지는 못했으니까. 그건 인간들이 저지른 일이니까 인간들만 피해를 봐야 하는데, 다른 생명체들이 더 끔찍한 피해를 보았어. 왜 그래야 하니? 지들이 싸우다 터트린 거니까 지들만 죽고 난리가 났어야 하잖아?"

박선은 할 말이 없었다. 인간이 똑똑한 것은 사실이지만 특별하지는 않다고 그 고양이가 비웃었다. 인간이란 자신의 유전자를 가진 조상을 기억하고 먼 과거와 미래까지도 예측할 수 있는 과학적인 예지력을 갖고 있지만, 너무 이기적인 동물이라서 그 한계가 뻔하다는 것이다. 고양이는 깊은 한숨을 뿌리면서 다시 박선을 보았다.

"나도 피해자인데, 결국 34일 만에 눈을 감았지. 박윤이 죽은 나를 안고 강가에 있는 화장터로 갔단다. 박윤은 장작을 쌓아서 나를 태운 재를 강물에다 뿌렸고, 일부 남은 재를 가지고 가더니 잿물을 만들어서 송치수의 상처 부위에다 발라주었어. 당시 조선인들 사이에서는 피폭당해서 생긴 상처에 죽은 사람을 태운 잿물이 효과적이라는 소문이 돌았거든. 그것을 물에 타서 마시는 사람도 있었으니까. 근데 박윤은 사람을 태운 잿물을 구할 수 없어서, 나를 태운 잿물을 송치수 씨의 치료제로 쓴 거야."

박선은 진짜 그 잿물을 상처에 바르고 송치수 씨의 몸이 좋아졌냐고 물었다. 고선생은 그것에 대해서는 대답하지 않고는 일어나더니 어슬렁어슬렁 코스모스 길로 사라져버렸다.

이제 고선생의 정체가 밝혀졌다. 고선생한테는 할아버지가 고마운 사람이다. 그래서 손녀를 선택하여 할아버지가 할 수 없는 삶의 아픈 이야기를 들려주려고 했던 게 아닐까. 그렇게 추리를 하자 그녀는 더욱 혼란스러웠다.

몸속에 리틀 보이의
피가 흐르고 있다

박선은 한 걸음도 움직이지 않고 그대로 누워 있었다. 아빠한테서 전화가 왔다. 그 전화를 받자마자 박선은 아빠한테 와달라고, 너무 힘들어서 걸을 수가 없다고 간절하게 부탁했다. 잠시 뒤에 나타난 아빠를 보자마자 박선은 괜히 속울음이 터질 것 같아서 눈빛을 외면하려고 얼마나 애를 썼는지 모른다.

아빠는 뭔가 물어보려고 하다가 끝내 물음표를 끄집어내지 않았다. 아빠는 늘 이렇게 기다려주는 식이었다. 오늘따라 그런 아빠가 답답해 보였다.

집에 도착해 밥을 먹고 나서 잠을 자려고 누웠으나 시간여행을 하면서 보았던 그 처참한 풍경들이 아른거렸다. 살아 있는 모든 것들의 죽음. 그럴 수도 있다는 사실을 처음 깨달았다. 나무와 풀까지도, 심지어 날마다 찾아오는 친근한 밤이 죽어버리고 낯선 어둠이 생겨난다는 것까지도. 그것은 박선이 그 어떤 재난 영화에서 보았던 시간들보다 더 끔찍했다.

일상에서 벗어난 어른들은 오늘도 무장 해제한 채 즐겁게 놀고 있었다. 어디서 빌려왔는지 몰라도 아빠는 통기타까지 연주하고 있었다.

엄마랑 고모는 아빠의 기타 연주에 맞춰 노래를 불렀다. 대부분 오래된 선율이었다. 그러니까 그 기타가 세 사람을 오래된 시간 속으로 끌어들인 셈이다. 기타는 그분들을 가장 젊고 발랄했을 때의 시간 속으로 끌어들였고, 그들은 깔깔깔 웃으면서 이제는 잡을 수 없을 만큼 멀어진 과거 속 추억을 목청껏 끄집어내어 불렀다. 그런 어른들이 부러우면서도 어떤 광장에서 밀려나지 않으려고 하는 발악처럼 느껴지기도 했다. 뭔가 잃어버린 것들을 갈망하는 것 같아서 서글퍼지기도 했다.

박선이 방에서 나오자 소파에 앉아 있던 신해가 흘깃 쳐다보면서 중얼거렸다.

"엄마가 부르는 노랫소리를 첨 듣는 것 같아서 괜히 뭉클해진다. 엄마한테도 저런 시절이 있었구나 하는 생각도 들고. 왜 엄마라는 존재는 현재의 모습만 보게 할까? 엄마도 과거에는 우리랑 비슷했을 텐데 왜 엄마만 되면 현실적이 되고, 더 단단해지고, 모질어지고, 잔소리꾼이 되고, 꼰대가 되고."

박선은 냉장고에서 물을 끄집어내 마신 다음 슬그머니 신해 옆에 앉았다. 뭐라 할 말은 없었다. 다만 신해의 말에 동조한 다는 눈빛을 보냈을 뿐.

한동안 말없이 어른들의 노래를 들었다. 그러다가 신해가 낮게 읊조리고 있음을 알았다.

"선아, 넌 나하고 달랐으면 좋겠다! 나보다 더 살아가는 힘 이 있었으면 좋겠다."

박선은 그게 무슨 뜻이냐고 물었다. 신해는 깊은 한숨을 내 뱉고는

"넌 아직도 그 가이드를 만나고 있잖아? 그래서 하는 말이 야."

박선도 깊은 한숨을 내쉬었다. 그리고 다시금 울려 퍼지는 어른들의 노래를 듣다가 신해를 보았다. 신해는 무릎을 세우 고, 그 무릎 위에다 턱을 얹은 채 눈을 감고 있었다. 박선은 그 런 신해에게

"너도 알았지? 할아버지가 원자 폭탄이 터진 히로시마에 있 었다는 것을."

"당연하지. 난 할아버지가 일본으로 징용 당하는 장면만 보 고도 그 뒷일을 다 예측할 수 있었어. 그래서 더 이상 가이드 를 만나고 싶지 않았던 것이고."

박선은 오늘 시간여행을 하기 전까지는 그런 사실을 전혀 짐작하지 못했다.

신해는 새우등을 한 채 몸을 좌우로 흔들어대고 있었다.

"난 어려서부터 병치레를 많이 했고, 심지어 소아암까지 걸려서……."

"소아암? 진짜?"

그것 역시 아무도 말을 해주지 않았으니까 모르는 거야 당연한데도, 그런 사실을 몰랐다는 것이 지금 이 순간 왜 이렇게도 미안해지는지 모르겠다. 박선은 그런 속마음을 감추려고 눈을 감아버렸다.

"난 늘 무슨 병이 생길지 모른다는 불안감으로 살아왔지만 넌 다르잖아? 나처럼 아픈 적도 없을 것이고, 그러니까 할아버지가 일본으로 징용 당하는 것을 보고도 별다른 생각이 없었겠지."

신해가 왼볼을 심하게 찡그리면서 박선을 곁눈질했다. 눈을 감고 있는 모습이 왠지 불안해 보였다.

"너 진짜 모르는 거야? 아니면 모른 척하는 거야?"

갑자기 신해가 목소리를 높였다. 박선은 약간 당황했다.

"뭘? 난 진짜……."

"너 바보 아냐! 공부 잘하는 거랑 이런 거랑은 다른 건가? 난 할아버지가 강제 징용 당하는 장면을 보고는 할아버지 때문이구나 하고 생각했는데. 아까도 말했잖아, 난 어려서부터 병을 달고 살았다고. 엄마도 병을 달고 살았어. 그렇다면 뻔한 거 아냐? 그런 병을 할아버지한테 물려받은 것이지. 그럼 할아버지는 그런 병을 누구한테 받았겠어? 조상님들 아니면 히로시마에 터진 '리틀 보이(Little Boy)'라는 원자 폭탄이겠지. 방사능에 피폭되면 그게 없어지지 않고 계속 유전된다는 걸 모르진 않겠지? 할아버지가 엄마한테, 엄마가 나한테!"

어느 순간부턴지 뭔가 박선의 머리를 조이는 것만 같았다.

"그게 그러니까, 그게……."

박선은 말을 더듬기 시작했다. 할아버지의 피가 고모에게로 흘러 신해한테 이어졌다면 당연히 박선에게도 그런 피가 흐르고 있을 것이다. 그렇다는 것은 박선의 몸에도 원자 폭탄 리틀 보이의 피가 흐른다는 뜻이다. 온몸의 뼈가 녹아내리는 것 같았다. 놀란 표정을 감추려고 해도 맘대로 되지 않았다. 신해는 그런 박선을 보면서 약간 어처구니없다는 웃음을 뿌릴 따름이었다.

"이 바보야, 이제 알았어? 그래, 네 몸에도 리틀 보이의 피가 흐르고 있다는 뜻이라고."

박선은 겁 많은 참새처럼 두리번거렸다. 어디론가 달아나고 싶었다. 신해의 목소리가 들리지 않는 곳으로.

"물론 방사능은 남자보다 여자 쪽 피해가 훨씬 크다고 하지.

그러니 아빠한테 유전자를 받은 네가 엄마한테 유전자를 받은 나보다는 낫겠지만."

저도 모르게 박선은 귀를 막고 있었다. 그래도 아무런 소용 없었다. 신해의 목소리는 박선의 온몸을 성난 벌떼처럼 공격하고 있었다.

"어쨌든 네 몸속에도 리틀 보이의 피가 흐르고 있으니, 네 몸에서도 언제 어떤 병이 생겨날지 모른다는 뜻이야."

"그만! 그만하라구!"

박선은 무차별하게 자동 소총을 난사하면서 포위를 좁혀오는 적군에게 항복하듯이 소리쳤다. 그래도 신해의 목소리는 멈추지 않았다. 인간의 언어는 그 어떤 무기보다 잔인하고 날카롭다. 그러니까 인간은 언어를 갖기 시작한 순간부터 엄청난 무기를 몸에다 장착한 셈이다. 정녕 신은 그 사실을 몰랐을까.

"그러니까 내가 후회할지 모른다고, 그 가이드를 더 이상 만나지 말라고 했잖아, 이 바보야! 우린 언제 어떤 병이 나타나서 죽을지도 몰라. 우린 저주받은 거야, 알았니?"

"그만, 그만, 그만하라니깐!"

박선은 자기 몸을 더 이상 통제할 수가 없었다. 만약 그때 엄마가 와서 박선을 끌어안지 않았다면 어떤 일이 벌어졌을지 모른다. 엄마는 시한폭탄 같은 딸을 온몸으로 끌어안았고, 고모는 마치 덩굴을 뜯어내듯이 신해의 손을 잡아끌고는 밖으로 나갔다.

엄마는 딸을 끌어안은 채 괜찮다는 말만 끝없이 되풀이했다. 박선은 그런 엄마한테

"내 몸속에 일본 히로시마에서 터진 리틀 보이의 피가 흐르고 있대! 그 무시무시한 방사능이 흐르고 있대! 그래도 괜찮은 거야?"

그렇게 끝없이 파닥거렸다. 엄마가 어떤 표정을 지었는지는 모른다. 엄마는 지금까지 살아온 힘으로 딸을 끌어안고 있을 뿐이었다. 그러면서 계속 똑같이 읊조렸다.

"괜찮아, 괜찮아, 괜찮아, 엄마가 있잖아!"

무슨 주술적인 주문 같았다. 아무리 딸이 바둥거려도 엄마는 꼭 안은 두 팔을 풀지 않았다. 묘하게도 그런 엄마의 목소리가 아주 천천히 딸을 가라앉히고 있었다. 박선은 엄마의 품에서 잠들고 싶었다. 그러고 나면 모든 문제가 다 해결될 것만 같았다.

엄마랑 딸이 나란히 침대에 누워 있었다.

엄마가 딸의 머리카락을 쓸어 넘기면서 다시금 속삭였다.

"선아, 괜찮아. 엄마랑 아빠가 있잖아. 엄마도 아직 뭐가 뭔지는 모르겠지만, 리틀 보이의 피가 아니라 그보다 더한 것이라고 해도 괜찮아. 괜찮아, 알았지? 일단 오늘은 그렇게 우리

가족만 생각하고, 서로 믿고 버티자. 넌 충분히 컸잖아, 그치?"

엄마가 울고 있었다. 박선이 엄마의 눈물을 손으로 닦아주었다. 그러다가 슬그머니 일어나서 화장실에 갔더니 거기에 있던 하얀 고양이가 바닥에 배를 깔고 엎드려 있다가 얼른 일어나서 몸을 돌멩이처럼 웅크렸다. 박선이 시간여행 티켓을 사용하지도 않았건만 나타난 것이다.

"박선, 내가 원망스럽지? 그래, 그럴 거야."

"닥쳐! 그딴 소리 듣고 싶지 않고! 고선생이 바로 나를 시간여행자로 선택한 의뢰인이지? 다 알아. 근데, 왜 이런 사실을 나한테 알려주려고 했던 거야?"

"난 의뢰인이 아니야."

고선생의 파란 눈이 오늘따라 더욱 빛이 났다.

박선도 파란 눈으로 상대를 쏘아보고 있었다. 어느새 노란 고양이로 변해 있었던 것이다.

오늘따라 고선생은 조금도 박선의 눈빛을 피하지 않았다. 목소리도 예전처럼 살갑지 않았다. 그의 목소리는 아주 냉정했다.

"난 거짓말 안 해. 그리고 이 여행을 계속할지 말지, 그건 네가 선택해야 해."

박선은 머릿속이 엉망진창으로 헝클어져버렸다. 박선도 어지럼증 같은 잔병들을 달고 살기는 했어도 크게 아파본 적은 없다. 그런데도 몸속에 그 무시무시한 리틀 보이의 피가 흐르고 있다는 사실을 떠올리면 당장이라도 이상한 괴물로 변해버릴 것만 같았다.

여기서 여행을 포기한다고 해도 리틀 보이의 피가 사라지는 것은 아니다. 이제 돌아가기에는 너무나도 많은 것을 알아버렸다. 게다가 누가 자신을 시간여행자로 끌어들였는지 궁금했다. 또한 할아버지가 왜 가족들이랑 관계를 끊고 살아왔는지도 알고 싶다.

박선이 시간여행을 계속하겠다고 하자 고선생은 다행이라며 깊은숨을 몰아쉬었다.

박선은 화장실 구석으로 기어가는 고선생을 따라갔다.

어느 시골 마을이 나타났다. 넓은 들을 따라가다가 개울을 건너는 순간 박선은 이곳이 얼마 전에 시간여행을 하면서 보았던 할아버지 박윤의 고향집이라는 사실을 알았다.

청년이 된 박윤이 마당을 가로질러 안방으로 들어갔다.

박선이 고선생한테 물었다.

"일본에서 온 거야?"

"그렇지. 히로시마와 나가사키에 '리틀 보이'와 '팻맨'이라는 원자 폭탄이 떨어지자 일본 천황이 항복했거든. 박윤은 1945년 11월에 귀국선을 타고 꿈에 그리던 고국으로 돌아왔어."

"고향으로 왔으니 얼마나 좋을까?"

"지금은 1948년 가을이야. 지금 안방에서 박윤이 큰형이랑 뭔가 중요한 이야기를 하고 있으니까 들어봐."

고선생이 그 말을 남겨놓고 헛간 안으로 사라졌다.

박선은 마당 한가득 내려앉았던 참새들이 포로롱포로롱 날아가는 것을 보면서 방으로 들어갔다. 안방에는 박윤과 큰형이 마주 보고 앉아 있었다.

큰형이 노란 봉투를 박윤 앞에다 내밀었다.

"형님, 이게 뭐예요?"

큰형은 헛기침을 한 번 하고는 안방 정면 벽에 걸린 아버지의 사진을 흘깃 보았다. 큰형은 박윤과 달리 큰 눈이 부리부리하고 광대뼈가 도드라지게 튀어나와서 꼭 사천왕상을 떠올리게 하는 강인한 인상이었다. 게다가 목소리도 걸걸했다.

"받아라. 소 한 마리 팔았다. 네 몫이다. 최대한 멀리 가라."

"형님, 대체 이게 무슨?"

"너도 잘 알겠지만 마을 사람들이 우리를 곱게 보지 않는다. 네가 일본에서 원자병 걸려서 온 뒤로."

그제야 박윤은 당황하면서 쓴웃음을 지었고

"형님, 저는 원자병이 심한 것도 아니고, 단지 히로시마에서 살다가 왔다는 이유만으로……."

큰형님은 두툼한 입술을 쭉 내밀어 힘을 주면서 고개를 흔들었다.

　"근데 다른 사람들은 그렇게 생각하지 않아. 작년에 아버지가 돌아가시고 둘째까지 연달아 죽은 것도 너한테 원자병이 옮아서 그렇다고 생각한단다. 마을 사람들이 다 그래. 그래서 우리 집 근처도 오지 않고, 다음 달까지 네가 마을을 떠나지 않으면 강제로 쫓아내겠다고……."

　박윤은 주먹을 살짝 쥐고 있었다. 자기만의 소중한 것을 꼭 움켜쥐고 있는 것 같았다.

　"형님, 저 때문에 아버지랑 작은 형님이 돌아가셨다니요? 아니, 그게 말이나 됩니까? 아버지가 장마철 급류에 휩쓸려 돌아가셨다는 것은 천하가 아는 사실이고, 작은 형님이 돌아가신 것도 오랫동안 앓고 있었던 병 때문이라는 것을……. 이런 모함이 어디 있습니까? 이건 말도 안 됩니다. 형님, 일본에서 죽을 고비를 넘기고 간신히 살아왔는데, 저한테 이럴 수가 있습니까? 이건 형님이 막아주셔야지요. 저는 형님 대신 일본으로 갔잖습니까? 이깟 돈 필요 없습니다. 저더러 고향을 떠나 어디 가서 살란 말입니까?"

　큰형님은 눈시울을 문지르다가 다시 각오를 다지듯 입술을 쭉 내밀어서 힘을 주고는 박윤의 어깨를 어루만졌다.

　"미안하다. 나도 어쩔 수 없다. 게다가 지금 형수의 배 속에 네 조카가 있는데, 형수가 너 때문에 불안해서 여기에서 못 살겠다고 하니. 윤아, 일단은 그렇게 하자. 지금은 어디 먼 곳으로, 최대한 먼 곳으로 가거라. 네가 여기서 살면 네 동생들도 다 곤란해진다. 나중에 시집 장가도 갈 수 없어. 내가 아는 읍내 방앗간집 셋째 아들도 혼례식을 진행하다가 히로시마에서 왔다는 사실이 드러나자 신부 측에서 파혼해버렸어. 그런 세상이야. 그러니 너도 절대 히로시마에서 왔다는 말 하지 마라. 그래야 살 수 있단다. 윤아, 미안하다."

"형님, 이럴 수는 없습니다. 제가 어떻게 살아왔는데. 만약 저, 집 떠나면 다시는 돌아오지 않을 겁니다. 형님이고 뭐고 다 잊고 살 겁니다."

"윤아, 형도 어쩔 수가 없구나!"

큰형이 박윤의 손을 잡았다. 박윤은 그 손을 뿌리치면서 뛰쳐나갔다. 박윤을 부르던 큰형의 목소리가 메아리가 되어 마당에서 울려 퍼졌다.

박윤은 아버지의 산소까지 단숨에 뛰어가서 꿇어앉았다. 피 같은 눈물이 쏟아졌다.

"아버지, 왜 저를 일본으로 보내셨나요? 전 다시는 고향에 돌아오지 않을 겁니다. 어떻게 고향이 저를 버릴 수가 있습니까? 고향 사람들, 형제들, 친척들, 냇물이랑 나무들, 저 고향의 하늘까지 다 밉습니다."

박윤은 뼛속에 남아 있는 눈물까지 다 쥐어짜면서 울었다.

바람이 노랗게 말라가는 떡갈나무 이파리를 흔들어댔다. 박윤은 한동안 아버지의 산소에 등을 기댄 채 그 떡갈나무를 바라다보다가 벌떡 일어나서 산을 내려갔다.

박윤이 집 앞으로 흐르는 도랑을 건너가자 갑자기 장면이 바뀌었다.

부산역 앞 2층에 있는 다방이었다. 박윤은 약간 실내가 어두운 다방 안으로 들어서자마자 걸음을 늦추면서 두리번거렸다. 카운터에 앉아 있던 마담이 껌을 씹다가 뭐라고 말을 했다. 그때 수족관 옆에서 누군가가 손을 흔들었다. 국방색 모자에 갈색 작업복 차림의 송치수였다.

"박윤, 여기다. 오느라고 고생했다!"

송치수가 웃으면서 박윤의 어깨를 토닥여주었다. 박윤은 그런 송치수를 똑바로 보지 못하고는 다시 울컥 치밀어 오르는 눈물을 연신 주먹으로 닦아냈다.

"형, 전 다시 일본으로 가고 싶어요. 원자탄이 터진 히로시마로 가고 싶어요. 거기서 살아도 이보다는 나을 거예요."

박윤은 자신의 존재감을 놓아버려야 했을 정도로 힘들었던 순간들을 떠올리면서 울었다. 송치수는 박윤이 얼굴 가득 눈물을 비벼대도록 내버려두었다. 마담이 슬리퍼 끄는 소리를 내면서 유자차를 가져오자 그제야

"자자, 이제 정신 차리고 살아갈 궁리나 하자."

유자차를 박윤 앞으로 내밀었다.

"나도 고향에 갔다가 너랑 비슷하게 쫓겨났어. 사람들이 나랑 눈도 마주치려고 하지 않더라. 눈만 마주쳐도 원자병이 옮는다는 소문이 돌았거든. 너도 더 이상 일본에서 왔다는 말 하지 마라. 원자병에 걸렸다고 하면 직장도 얻을 수 없고 여기저기서 쫓겨나는 판국이니까."

송치수는 다시 박윤의 어깨를 토닥이다가

"박윤, 몸은 어떠냐?"

하고 물었다.

"피부병 때문에 고생을 좀 했지만 크게 아픈 데는……."

"난 지난달부터 왼쪽 눈이 잘 안 보여. 아마 원자병 때문이겠지."

송치수는 달달한 유자차의 기운으로 애써 웃어보려고 했다. 그럴수록 눈빛은 쓸쓸해졌다.

돌아오네 돌아오네 고국산천 찾아서
얼마나 그렸던가 무궁화꽃이

다방 안에서 울려 퍼지던 〈귀국선〉이라는 노래가 끝나자 송치수는 벽시계를 보더니

"캄캄해졌다! 어서 가자!"

천천히 일어나는데, 그 뒷모습이 텅 비어 있는 것만 같았다.

고선생이 수족관 뒤에서 걸어오더니 이제 대충 알겠지, 하고 눈으로 물었다. 왜 할아버지가 가족들하고 인연을 끊고 은둔자처럼 살게 되었는지.

그래도 박선은 납득하기 힘들었다. 그렇지 않은가. 아무리 소문이 사납다 해도 일본에서 죽을 고비를 넘기고 돌아온 사람을 어찌 쫓아낼 수 있단 말인가.

"요즘 사람들은 이해할 수 없을 거야. 근데 당시에는 원자병에 대해서 정확하게 몰랐고, 그래서 두려움이 더 컸어. 실제로 원자병이 전염병이라는 소문도 돌았고, 그 병에 걸리면 온갖 알 수 없는 병에 걸려서 죽는다고 생각했으니까! 요즘 코로나가 난리잖아? 근데 그 바이러스에 걸리면 죽는다고 생각해봐라. 얼마나 공포스럽겠니? 더구나 그때는 병원도 거의 없던 시절이거든. 그러니 살기 위해서는 히로시마에서 왔다는 사실을 숨길 수밖에 없었던 것인데……."

박선은 갑자기 할아버지가 살았던 시간들이 무겁게 느껴지기 시작했고, 그 무게를 간신히 버티는 심정으로 고선생의 말을 가슴에다 담았다.

그날 밤을 어떻게 물리쳤는지 모르겠다. 하룻밤 새 어른들은 눈이 빨간 외계인이 되어 있었다. 엄마의 눈은 퉁퉁 부은 채 붉게 물들어 있었다. 고모도, 아빠도 마찬가지였다.

펜션 안에는 묘한 정적이 감돌았다. 박선은 신해 앞에서는 아무렇지 않다고 억지 표정이라도 지어서 보여주고 싶었다. 그것이 최소한 지켜야 할 자존심이라고.

박선네 가족은 이른 점심을 먹고 출발해서 오후 3시쯤 집에 도착했다.

박선은 잠깐 잠이 들었다가 고모가 부르자 눈을 떴다. 저녁 햇살은 유독 부드러웠다.

하루 새 고모는 폭삭 늙어 보였다. 우선 얼굴의 대칭이 완전히 무너져서 왼볼이 약간 부은 상태였다. 오늘따라 광대뼈가 심하게 튀어나온 듯했고, 스카프를 하지 않은 목에는 수술 자국이 텃세를 부리고 있었다. 그러고 보니 고모의 얼굴에는 화장기가 전혀 쌓여 있지 않았다. 박선은 그런 고모의 얼굴이 가짜라고 소리치고 싶은 충동에 몸을 떨었다. 게다가 심한 원형 탈모로 정수리가 텅 비어 있었는데, 엉뚱하게도 누군가의 무덤이 그곳에 있는 것만 같아서 얼마나 쓴웃음을 지었는지 모른다. 그제야 고모가 부분 가발을 쓴다는 것을 알았다. 왜 집 안에서도 스카프를 하고 옷차림을 화려하게 할 수밖에 없었는지, 고모의 아픈 시간을 조금이나마 짐작할 수 있었다. 박선은 눈을 감아버렸다. 고모의 몸에 새겨진 그 시간의 상처들을 모른 체해주고 싶어서.

"선아, 늘 미안했단다. 부모인 것이, 몹쓸 병을 물려주는 것이."

박선은 두 손을 꼭 잡은 채로 고모의 이야기를 들었다.

"나도 많이 아팠단다. 늘 한약을 달고 살았어. 걸핏하면 코피가 나고 어지러워서 쓰러지고, 피부병이 심해서 여름에는 친구들이 다 하는 물놀이도 못 했어. 그러다가 네 아빠가 고등학교 때 심근경색 수술을 받게 되었는데, 그때 우연히 부모님 말을 듣고는…… 네 아빠의 병이 원자병이라는 것을 알고 얼마나 충격을 받았는지 몰라. 원자병에 걸린 여자는 기형아를 낳을 수도 있다는 사실까지 알게 되자, 도저히 결혼해서 가정을 이룰 용기가 나지 않았어. 그래서 사랑하는 사람이 청혼을 해도 거절하고, 실제로 수녀가 되려고도 했다만 어쩌다 보니 지금의 고모부랑 만나서 결혼을 하게 된 거야. 그리고 두 번 유산을 한 끝에 신해를 낳았어. 다행히 아기는 건강했는데, 자라면서 나만큼이나 많은 병이 생겨나기 시작한 거야. 소아암 진단을 받았을 때는 나를 얼마나 저주했는지 모른다. 결혼하지 말았어야 한다고. 식구들만 없다면 죽고 싶었어. 그래도 살아지더라. 산 사람은 살아가는 것이니까. 그 힘든 시간이 지나가자 신해를 볼 때마다 대견하고, 결혼한 것을 후회하지 않았어. 그래도 미안한 건 없어지지 않더라."

어느새 아빠도 옆에 앉아 있었다. 그러니까 아빠도 고모의 이야기를 같이 들었다는 뜻이다. 박선은 그런 아빠랑 눈을 마주치는 순간 벌떡 일어나버렸다. 그 자리에 있으면 펑펑 울어버릴 것만 같아서, 그래서……

아빠가 카톡을 보내왔다.

아빠: 선아, 괜찮은 거지?

박선은 아빠야말로 괜찮냐고 묻고 싶었다. 아빠도 엄청난 충격을 받은 상태라는 것을 박선은 알고 있었다. 다만 어른이라서, 아빠라서, 남편이라서, 오빠라서, 외삼촌이라서, 그 충격을 숨기고 있을 뿐이었다. 새삼 그런 어른이라는 존재가 불쌍해 보였다.

박선: 아빠, 앞으로는 어떨지 몰라도 지금은 괜찮아요.
박선: 지금은 아프면 치료받을 수 있잖아요?

오늘은 그 정도로 하고 다음에 아빠하고 편안하게 이야기할 기회를 마련하고 싶었다. 어차피 한순간에 풀어낼 실타래는 아닐 테니까.

할아버지의 그림 속에서 나온
고선생

어떻게 일주일, 그러니까 168시간을 보냈는지 박선은 알 수가 없었다. 당연히 잠을 자고 일어났으며 때가 되면 몸의 에너지가 되는 밥을 입 안으로 밀어 넣었고, 학생의 신분으로 요구되는 학습을 받았다. 늘 정신이 멍했다. 가슴이 답답했다. 소화도 되지 않았다. 엄마가 챙겨주는 소화제의 도움을 받아야만 소화기관들이 정상적으로 작동하였으니, 무엇인가를 먹는 것조차 부담스러웠다. 엄마의 눈빛은 극도로 예민해졌다. 그럴 수밖에 없었을 것이다. 딸이 열일곱 살이 되도록 생리를 하지 않는데, 놀랍게도 리틀 보이의 피가 흐르고 있다는 사실을 알았으니까. 그러니 박선은 엄마의 눈치까지 봐야 했다. 그게 힘들었다.

친구들 카톡방도 조용했다. 지섭이만 종종 글을 올리고 있었다.

송지섭: 다들 무슨 일 있는 거야?
송지섭: 난 격리 상태라 아무 데도 나갈 수 없고 너희들 이야기가 너무 궁금한데.

그럴 때조차도 신해는 나타나지 않았다. 그러다가 어젯밤에서야 카톡방에 등장했다.

황신해: 나 내일 이사해.
황신해: 이사라고 해봤자 다 새살림이라 그냥 몸만 들어가면 되지만.
황신해: 나중에 편해지면 다들 초대할게.

그렇게 고모네 식구가 이사를 했다. 신해는 이사 가는 날 캐리어 하나만 끌고서
"선아, 나 간다. 그동안 고마웠어. 성질 더러운 나를 보고도 잘 참아줘서."
그 말을 남기고는 한 땀 한 땀 햇살을 모아 자기만의 꿈을 수놓고 있는 가을꽃들에게 헤프게 손을 흔들면서 걸어 나갔다.
고모와 신해가 사라지자 끔찍하게도 고요했다. 정상적인

시간의 흐름에서 소외된 병 속에 갇혀버린 느낌이랄까. 방 안에는 디즈니 애니메이션 캐릭터들이 곳곳에서 눈을 깜박이고, 책상을 중심으로 좌우측 벽에는 숱한 연예인들이 북새통을 이루고 있었다. 죄다 초등학교 때 친구들이랑 몰려다니면서 수집했던 것들이다. 지금까지는 전혀 몰랐는데, 이곳에서는 아주 오래전부터 시간이 정지해 있었다. 그때부터, 친구들에게 왕따를 당한 순간부터 박선의 방에서는 시간이 흐르지 않고 있었다. 그것을 깨달은 순간 박선은 미치도록 답답했다. 박선은 도망치듯이 집을 나왔다. 도서관에도 가고, 책방에도 가고, 옷도 사고, 떡볶이도 먹었다. 그러다가 꽃을 생각했다. 왜 그랬는지 모르겠다. 박선은 처음으로 화분을 샀다. 봄에 꽃이 핀다는 말과 쉽게 키울 수 있다는 말을 듣고 게발선인장 화분을 끌어안았다. 신기하게도 그것을 책상 위에다 놓자, 그제야 방 안에 바람이 새어드는 것 같았다.

아래층에서 엄마가 불렀다. 엄마는 혼자 술을 마시고 있었다.

술 때문에 말이 어눌해지고 눈동자도 풀린 엄마를 보자, 견고하게 쌓여 있던 엄마와 딸 사이의 경계가 허물어지는 것 같았다.

"딸! 내가 낳은 자식인데 내 자식에 대해서 몰랐다는 것이 엄마로서 당황스러웠어. 그것 때문에 고모한테 모든 이야기를 듣고 나서도, 그래서 힘들었어. 어쨌든 이렇게 되어버렸고,

엄마가 해줄 것도 없고."

엄마는 뿌리가 거의 뽑혀가는 나무가 연상될 정도로 위태롭게 몸을 흔들다가 겨우 중심을 잡았다. 비록 풀린 눈동자지만 딸하고 눈을 마주치려고 애를 썼다. 절박하게 연대하고 싶다는 의지의 표현이었다. 박선은 기꺼이 엄마의 손을 꼭 잡아주었다. 그 순간 불안했던 두 개의 영혼이 잠시나마 편안해졌다.

"딸! 엄만, 너무 부정적인 생각 하지 말았으면 해. 그래도 잘 살아온 거야, 우리 가족! 특히 우리 딸이 있어서 행복했고."

엄마는 두 손을 쭉 뻗어 딸의 손을 잡았다가 갑자기 울음을 터트리는 변덕을 되풀이했다. 그때마다 박선은 무척 당황했다. 어쩌면 엄마라는 거인을 달래기에는 그녀가 너무 어렸는지도 모른다.

"다행히 넌 건강하게 자라주었고, 어렸을 때 유달리 빈혈이 심했지만 그것이 원자병 때문이라고 할 수도 없고."

박선은 엄마한테 따지고 싶었다. 그런데 왜 아직까지 생리를 하지 않는 거냐고, 그것이야말로 리틀 보이가 물려준 원자병 후유증 아니냐고. 그래도 꾹 참았다. 이가 아플 정도로 잇몸에다 힘을 주었다. 어차피 지금 엄마는 너무 취해 있어서 이성적인 판단을 할 수 없을 테니까.

박선은 슬그머니 휴대폰을 끄집어내서 지섭에게 카톡을 보내기 시작했다.

박선: 많이 좋아졌다니까 곧 퇴원하겠네?

송지섭: 몸은 괜찮은데, 이상하게도 계속 양성이 나와. 왜 이런지 모르겠어.

박선: 더 쉬라고 그러는 모양이다.

송지섭: 너도 보미랑 똑같은 말 하네! 오늘 보미가 근처에 와서 과자꾸러미를 병원에다 넣어주고 갔거든.

박선: 헐, 그게 가능해?

송지섭: 나도 몰랐는데 가능하더라고. 암튼 엄청 고마웠어.

박선: 잘됐다. 맛있게 먹고 어서 건강해져라.

송지섭: 고마워.

그런 다음 아빠한테 카톡을 보냈다.

박선: 혹시 할아버지 사진이라든가 뭐 다른 유품들이 있나요?

박선: 그냥 할아버지에 대해서 알고 싶어서요.

아빠의 답장은 다음 날 아침에서야 확인했다.

아빠: 할아버지 유품 책상 위에다 두고 간다.

박선은 창문으로 흠뻑 들이치는 햇살을 손바닥으로 받아냈다. 그런 다음 침대 위에서 고양이 자세로 기지개를 펴고서야 책상 위에 있는 오래된 나무함을 보았다. 그 안에는 할아버지가 할머니한테 쓴 편지가 빼곡하게 쌓여 있었고, 그 밑에는 신문지가 접혀 있었다. 그 신문지를 끄집어내는 순간

"어머!"

절로 탄성이 나왔다. 신문지에 연필로 그림이 그려져 있었다. 연필선이 신문 활자와 충돌하기도 하고 가려지기도 할 터인데 신기하게도 한눈에 들어왔다. 특히 하나하나 셀 수 있을 만큼 섬세하게 그려진 잔털을 보니 박선은 소름이 돋았다. 게다가 볼수록 고선생을 떠올리게 했으니 더욱 놀랄 수밖에 없었다.

박선: 아빠, 할아버지가 그림을 잘 그리셨네요? 진짜 놀라워요.

아빠한테 곧바로 답장이 왔다.

아빠: 그걸 어떻게 알았니?

박선: 그 나무 상자에 할아버지가 그린 그림이 있던데요?

아빠: 어, 난 보지 못했는데.

박선: 그럴 리가요.

아빠: 내가 건성으로 봤나 보다. 맞아, 할아버지는 그림 그리는 걸 좋아

했어. 그게 유일한 취미 생활이었어. 그러고 보니 우리 딸이 그림을 좋아하는 것도 할아버지를 닮았구나!

박선은 조심조심 고양이 그림을 휴대폰으로 찍어서 아빠한테 보냈다. 친구들 카톡방에도 올렸다. 묘하게도 박선은 얼굴 가득 포만감이 차오르는 게 느껴지면서 자랑스러워졌다.

박선: 잘 그렸지? 이거 우리 할아버지가 그린 거야.
송지섭: 와, 짱이다. 대단해.
성보미: 진짜 살아 있는 것 같아. 이거 일본 신문이잖아?
송지섭: 그러네! 일본 신문이네.

신해는 별다른 반응이 없었다. 박선은 신해가 따로 연락을 해올 것이라고 생각하고 있었다. 오늘 코로나 검사에서 음성으로 판정되어 내일 퇴원한다는 지섭에게 고생했다고 격려해 주었다. 지섭은 자기 인생에서 이렇게 힘들었던 적은 처음이라고, 무거운 한숨을 뱉어냈다.

박선은 어느 정도 집안의 비밀을 알게 되었다. 그렇다면 이제 예정된 시간여행이 거의 끝나가고 있다는 뜻일 테고. 그럴수록 고선생의 정체가 더 궁금해졌다. 특히 할아버지가 그린 고선생의 그림을 보는 순간, 이 고양이가 단순한 가이드가 아니라는 사실을 깨달았다. 대체 고선생의 정체는 뭐란 말인가. 그런 생각을 하다 보니 하루하루 그냥 지나치게 되었다. 고선생을 부르지 않고 열흘을 보냈다.

박선은 할아버지의 고양이 그림을 보다가 시간여행 티켓을 끄집어냈다. 까만 티켓에서 고양이 문양이 살아나고 상형 문자들도 돋아났다. 그러면서 하얀 고양이가 책상 밑에서 걸어나왔다. 박선은 바닥에다 배를 대고 엎드린 채 앞발을 앞으로 쭉 뻗어서 상체를 꼿꼿하게 세우고는 상대를 쳐다보았다.

"고선생은 우리 할아버지가 그린 고양이였어. 그치?"

하얀 고양이는 거의 눈을 감은 채 아무런 말이 없었다. 그러다가 불쑥 왜 그 그림을 친구들 카톡방에 올렸냐고 물었다.

"내 친구들 카톡방도 보는 거야?"

박선은 따졌다. 고선생은 못 들은 척 고개를 돌리더니 자기 발바닥을 혀로 핥아댔다. 양말도 신발도 신지 않는 고양이는 틈만 나면 그렇게 발바닥을 관리하는데, 행여 발바닥에 문제가 생겨 걷지 못하게 되면 살아갈 수 없다. 그러니까 발바닥은 생명줄이나 다름없다.

고선생은 한참만에야 박선을 보고 입을 열었다.

"그게 아니라 네 친구들이 그 그림을 다운로드받아서 시간여행을 하려고 시도했기 때문이야."

박선은 그게 무슨 뜻이냐고 물었다. 고선생은 발톱 설거지까지 끝내고 나서야, 친구들이 그 그림을 이용해서 시간여행을 할 수 있다고 하였다.

"난 무슨 일이 일어나도 이제 책임 못 져."

"설마 그런 일이 일어나겠어."

"그 그림을 네가 친구들한테 보냈으니까, 네가 친구들한테 시간여행자 티켓을 보낸 거나 다름없어. 물론 너하고 똑같은 시간여행 코스만 가능하겠지만."

박선은 당황하면서 그걸 막으려면 어떻게 하냐고 물었다.

고선생은 할아버지의 그림, 그 원본을 없애버려야만 한다고 했다.

박선은 일이 이렇게 커질 줄은 상상도 못 했는지라 더욱 당황스러웠다. 더구나 아빠한테도 그림 사진을 보냈는데 그것을 없애야 하다니.

"아, 알았어. 그리고 아직도 내가 해야 할 시간여행이 남아 있는 거야?"

고선생은 고개를 끄덕였다. 박선은 그 말을 듣자 이상하게도 안심이 되었다. 아직은 뭔가 정리가 되지 않은 기분이었기 때문이다. 그러나 오늘은 시간여행을 하고 싶지 않았다. 고선생은 그 의견을 존중하겠다고 하면서 어슬렁어슬렁 침대 밑으로 사라져버렸다.

아무리 그렇다고 해도 할아버지의 그림을 없애버릴 수는 없었다. 일단 더 시간을 두고 보기로 했다.

친구들 카톡방에는 지섭이가 자가 격리에서 풀렸다는 소식이 올라와 있었다. 박선은 지섭에게 당장 만나자고 연락을 했다. 오랜만에 지섭이랑 만날 생각을 하니까 이상하게도 마음이 들떴다. 그런데 지섭이가 다음에 보자고 거절했다. 왜 그러냐고 물어도 뭔가 또렷하게 이유를 밝히지 않고는

"그냥 지금은 마음이 좀 편하지 않아서."

애매하게 대답했다. 그런 적이 한 번도 없어서 그런지 뭔가 찝찝했다. 지섭은 박선이 부르면 언제든 달려 나왔다. 심지어 잠을 자다가도 나왔고, 심하게 배앓이를 해 누워 있다가도 나왔다.

빡빡머리 시간여행자

그로부터 일주일 뒤에 신해한테 전화가 왔다.

"어쩐 일이냐, 전화를 다 하고?"

그럴 의도는 아니었는데, 박선은 그만 퉁명스럽게 대꾸하고야 말았다.

"야, 네가 카톡을 안 보니까 그렇지!"

신해의 목소리에도 가시가 박혀 있었다.

박선은 속으로 이런 싸가지 봐라 하고 중얼거린 다음, 다시 어쩐 일이냐고 물었다. 신해는 근처 카페에 와 있다면서 다짜고짜 나오라고 했다. 어이없었다. 박선은 할 말 있으면 전화로 하라고 응수했다.

"야, 그럼 집으로 간다아?"

신해의 목소리가 선전포고라도 하듯이 도발적으로 들리자

"우린 이제 할 말 다 했잖아. 나한테 못 한 말이 더 있어? 그럼 나중에 해. 이제 그 어떤 말을 해도 놀라지 않을 테니까. 알 건 다 알았고."

그 정도로 말했으면 알아들었을 텐데, 오히려 신해는 화를 내면서 쏘아대는 것이 아닌가.

"야, 누군 할 일 없어서 이러는 줄 알아! 이제 속이 후련하니? 나에 대해서 다 알고 나니까, 이제 속이 후련하지?"

"그게 무슨 말이야?"

"다 알고 있으니까, 숨기려고 하지 말고."

이상하게도 박선은 일방적으로 수세에 몰리는 것 같아서 화가 났다. 박선은 벌떡 일어나서 옷을 챙기기 시작했다. 이 싸가지 없는 것! 이제부터 함부로 대하면 가만두지 않겠다고 단단히 벼르고 집을 나섰다.

신해가 보낸 카톡을 훑어보았다. 별다른 내용도 없었다. 오늘 중으로 무조건 만났으면 한다는 글이 전부였다.

가을비까지 성가시게 하자 박선은 온몸에다 더욱 힘을 주었다. 고양이처럼 콧수염이 없을 뿐만 아니라 예민한 털도 없거늘 사소하게 불어오는 잔바람까지도 느껴졌다. 이러다가 고양이가 되는 것이 아닐까 하는 생각까지 들었다. 그랬다. 박선은 우산을 쓰고 가면서도 가늘게 불어오는 바람의 방향까지도 자연스럽게 예측이 되었다. 비에 묻어오는 온갖 냄새들까지도 다 느낄 수 있었다. 그런 모든 것을 종합해보면 가을이 빠르게 달려오고 있고, 머잖아 겨울이라는 아주 독한 계절이 시작된다는 뜻이었다.

신해는 빨간 모자를 눌러쓴 채 창가에 앉아 있었다. 박선이 일부러 크게 기척해도 왔냐는 말은커녕 쳐다보지도 않았다. 박선은 속이 부글부글 끓었다.

코로나 때문에 자영업자들이 살기 어렵다고 아우성치는데 이 카페만큼은 전혀 다른 세상이다. 저녁 7시가 다 되어가는데도 손님들로 바글바글 북새통이었으니까.

박선은 어디 할 말이 있으면 질러보라는 식으로 신해를 노려보았고, 마음속으로 몇 번이나 가르랑거리다가 상대를 노려보는 고양이처럼 턱을 낮추고 손가락에다 힘을 주었다. 그때까지도 쳐다보지 않던 신해가 불쑥 고개를 들어

"야, 네가 내 과거 속으로 몰래 들어왔었지?"

쏘아보았다. 박선은 아무런 말도 하지 않았다. 아니라고 해봤자 신해가 그것을 받아들이지 않을 것이다.

"다 알아. 내가 분명히 경고했을 텐데. 어젯밤 7시쯤에 산책을 하고 있는데 꼭 꿈을 꾸는 것처럼 누군가 아른거리고 그랬어. 난 그것이 꿈도 아니고, 헛것을 보는 것도 아니라는 것을 알아. 그건 누군가 내 시간 속으로 들어와서 돌아다니고 있다

는 뜻이야. 몰래 내 과거를 들여다보고 있는 거지. 그렇다면 그게 누구인지는 뻔하잖아?"

어젯밤 7시쯤이라면 외삼촌 생신이라 외갓집에서 밥을 먹고 있을 때였다. 박선은 그런 언급을 하면서도, 시간여행자란 맘만 먹으면 언제든 여행을 떠날 수 있으니까 그건 알리바이가 될 수 없다는 사실도 잘 알고 있었다. 외갓집 식구들이랑 밥을 먹다가 잠깐 화장실에 가서도 시간여행을 할 수 있을 테니까. 아니나 다를까. 신해는 왼쪽 입술을 심하게 찡그리면서 비릿하게 웃었다.

"봤으면 봤다고 하면 될 것을. 유치하게 외삼촌 생일을 들먹이다니!"

"너, 말이 너무 심한 거 아냐!"

지금 이런 상황이 너무 어처구니가 없었다. 박선은 자꾸만 헛웃음이 나오면서도, 가슴속에서는 분노가 용암처럼 끓어올랐다. 그런데 신해는 박선을 노골적으로 비웃으면서 노려보다가 뜻밖의 말을 꺼냈다.

"네가 친구들 카톡방에다 올린 고양이 그림을 보고 '혹시 이게 시간여행 티켓의 진짜 원본인가' 하고 시험 삼아 네 시간 속으로 들어가보려고 했는데, 진짜 네 과거 속으로 들어간 거야. 그건 고의가 아니었어."

친구들 카톡방에다 그 사진을 올린 것 자체가 실수였다고 박선은 스스로를 타박했다. 그러니 신해를 탓할 수도 없다고 자책하는데 신해 입에서 더 놀라운 말이 튀어나왔다. 신해는 박선이 산부인과에서 진료받는 장면을 보았다고 했다. 순간 온몸에 힘이 풀렸다. 오랫동안 꼭 붙들고 있었던 끈 하나가 떨어져나가는 기분이랄까.

"그래서? 그래서 어쩔 건데?"

박선은 안간힘을 다해 입에다 힘을 주었다. 어서 이 자리를 벗어나고 싶었다.

"그런 널 보고 얼마나 미안했는지 몰라. 나만 힘들어하는 줄 알았는데, 그게 아니었구나! 몰래 네 시간을 엿본 것도 미안하고 그래서 적당한 시기에 사과하려고 했어."

박선은 심호흡을 하면서 눈을 감았다.

사흘 전이었다. 영어 공부를 하다가 갑자기 신해가 떠올랐다. 눈앞에 잡힐 듯 신해가 떠올랐다가 사라지기를 되풀이했다. 박선은 참 이상한 일도 있네 하고 몇 번이나 고개를 갸우뚱했는지 모른다. 그때 신해가 박선의 시간 속으로 들어온 것이다.

오늘 아침에도 그와 비슷한 현상이 일어났다. 밥을 먹고 있는데 자꾸만 지섭의 얼굴이 눈앞에 아른거렸다. 박선은 요즘 지섭을 보지 못해서 많이 보고 싶은 모양이라며 그냥 웃어버렸다. 돌이켜보니 그때도 지섭이가 박선의 시간 속으로 들어왔다는 뜻이다. 아, 최악이야! 박선은 두 손으로 가슴을 가리 듯이 감쌌다. 꼭 발가벗은 모습을 지섭에게 노출시킨 기분이 었다.

박선은 몇 번이나 힘겹게 입술을 깨물었다가 신해 눈을 보았다.

"그래서? 그래서 네가 하고 싶은 말이 뭐야? 그 말 하려고 날 만나자고 한 것은 아닐 테고. 경고하지만 만약 내 비밀이 퍼져 나가면 그땐 널 어떻게 할지 몰라."

그러자 신해가 마치 그 말을 기다렸다는 듯이

"너 말 잘했어. 나도 경고하지만, 만약 내 비밀이 퍼져 나가면 그땐 나도 널 어떻게 할지 몰라."

똑같이 받아치는 순간, 박선은 제발 자신이 고양이였으면 좋겠다고 중얼거렸다. 박선은 온몸의 털을 가시처럼 뺏뺏하게 세우고 상대를 공포스럽게 노려보는 눈빛을 지으려고 했다. 턱에다 힘도 주었다.

"너 장난치는 거야?"

"장난 아냐. 넌 지금도 솔직하지 못해. 넌 사흘 전에 내가 네 시간을 훔쳐본다는 것을 알았을 거야. 그리고 막 화가 났겠지. 그래서 어젯밤에 내 시간 속을 엿보게 된 거야. 이제는 솔직하게 말해도 되잖아. 맞지? 그런 거지?"

이런 상황에서는 아무리 아니라고 해도 신해가 받아들이지 않을 것이다. 그래도 진실을 말해야 한다고 박선은 자신을 다그쳤다.

"난 어제 네 시간 속으로 들어가지 않았어."

신해는 팔짱을 끼고 상채를 뒤로 빼면서 증오에 가까운 조롱과 미소를 흘렸다.

"끝까지 거짓말 치네! 너 그렇게 안 봤는데, 진짜 비겁하고 유치하다!"

사람들 눈빛이 그녀들 쪽으로 집중될 정도로 신해의 목소리는 거침이 없었다. 박선은 심한 모욕감으로 다리를 떨었다. 그나마 꼬리가 없는 게 다행이었다. 꼬리가 있었다면 엄청나게 떨었을 테니까.

"너 그런 말 하려고 여기 왔니? 그럼 난 갈게. 네가 믿든 안 믿든 난 할 말 다 했으니까."

피하는 것도 자존심이 허락하지 않았다. 그렇다고 싸울 수도 없었다. 박선이 애써 화를 삭이면서 밖으로 나왔다. 신해가 빠르게 따라왔다.

"진짜 이해할 수가 없다. 왜 그 사실을 감추려고 하니? 봤으면 봤다고 하면 될 것을. 네가 먼저 봤으니까 나도 봤다고 하면 될 것을!"

빗방울은 자꾸만 독설을 퍼붓듯이 박선의 얼굴을 후려쳤다. 신해는 빗방울이 자기편이라고 판단했는지 더욱 거칠게

욕설을 퍼부었다.

"미친년! 또라이! 꼴통!"

"야! 너 정말!"

박선은 저도 모르게 고양이처럼 앞발에다 힘을 주어 상대를 내리치듯이 잡아챘다. 그 서슬에 놀란 신해가 휘청하는 순간 뒤에서 걸어오는 지섭이랑 마주쳤다. 지섭이 옆에는 보미가 있었다. 신해는 그 친구들을 보더니 진짜 우군을 만났다는 표정으로

"지섭아! 보미야!"

쩌렁쩌렁 울려 퍼질 정도로 크게 소리쳤다. 지섭이랑 보미는 더욱 당황했다. 그러다가 보미가 신해의 눈을 피해 박선을 보고는

"아, 안녕! 우리도 우연히 만났거든!"

간신히 얼버무렸다. 그러거나 말거나 신해는 그들에게 다가가서 백 년 만에 만난 친구처럼 반갑다고 호들갑스럽게 야단이었다. 박선은 몇 마디 대꾸만 하고 돌아섰다. 어떻게 집에 왔는지 아무런 기억이 없었다.

박선은 침대에 누워서 신해한테 최후통첩을 하듯 카톡을 보냈다.

박선: 앞으론 꼴도 보이지 마.

박선: 난 너 안 볼 거야!

곧장 신해가 받아쳤다.

황신해: 누가 할 소리!

이상하게도 분했다. 박선은 이를 부득부득 갈고 싶었고, 숨겨진 발톱을 끄집어내서 더욱 날카롭게 다듬고 싶었다. 아무런 잘못을 한 적도 없는데 왜 이런 취급을 받아야 하는지. 고양이라면 이럴 때 어떻게 대처할까. 그러다가 맹렬하게 찔러대는 허기를 느끼고는 급속 충전을 하듯이 라면에다 밥을 말아서 입 안으로 몰아넣었다. 그리고 나니 몸속 기관들이 모든 작동을 멈추듯 졸음이 밀려왔다. 그렇게 잠이 들 무렵 지섭한테 카톡이 왔다.

송지섭: 박선, 내일 시간 좀 내줘.
송지섭: 꼭 할 이야기가 있어.

알았다고 짧게 답장을 보내고 나니까 어느새 졸음이 달아나버렸다.

박선은 할아버지의 그림을 끄집어냈다. 이 그림이 문제가 되었다. 이것을 그대로 두었다가는 어떤 일이 벌어질지 모른다.

박선은 스케치북을 끄집어내서 그 고양이를 그리기 시작했다. 모조품이라도 남겨놓아야 나중에 아빠한테 할 말이 있을 테니까. 최대한 집중했는데도 막상 다 그리고 났을 때는,

"에구! 난 그림 그리는 것을 좋아했을 뿐이지 그림에 소질이 있는 건 아니었어!"

그냥 쓴웃음이 절로 나왔다. 원본의 느낌이 전혀 나질 않았다. 어려서는 꿈결처럼 연필과 색감을 자유롭게 놀렸으나 중학생이 되면서 상상력이 사라지고 박선의 손과 생각도 굳어지고 있었다.

박선은 마당에서 원본을 태우다가 어떤 주술적인 방울 소리가 들려와 눈을 감았다. 귀뚜라미 소리였다. 그 울림은 뼛속까지 울려 퍼지면서 어둠의 시간을 모두 통제하고 있었다.

한껏 밤이슬을 맞고 방으로 들어오자 누군가 방문을 노크했다. 아빠였다. 나방처럼 불빛을 따라왔다고 말한 아빠의 얼굴은 너무 수척했다. 아빠가 그림 이야기를 꺼냈다. 박선은 가슴이 덜컥 내려앉았다. 박선은 할아버지의 유품 상자를 열고 모조품을 끄집어내면서

"지금은 제가 말을 해도 아빠가 이해할 수 없을 거예요. 그러니까 조금 시간이 지난 다음에 이야기할게요. 왜 할아버지의 그림을 태워버릴 수밖에 없었는지요. 이건 할아버지 그림

을 보고 그린 거예요."

그러자 아빠는

"이건 그때 네가 아빠 카톡으로 보낸 거랑 똑같은 그림이잖아? 근데 그때는 신문지 위에 그려진 것 같았는데, 그것만 다르네."

하고 말해서 쳐다보았더니, 진짜 그 그림 속 고양이랑 똑같았다. 마치 할아버지의 그림 속 고양이가 그대로 옮겨온 듯했다. 신문지가 아니라 하얀 종이 위에 그려져 있다는 것만 다를 뿐. 하아! 꺅, 꺄악! 박선은 고양이처럼 낮게 소리쳤다.

"그리고 보니 할아버지는 요양 병원에서도 그림 그리는 것을 가장 좋아했어. 그 그림들을 제대로 보지도 않고 다 버렸으니. 어쩌면 할아버지는 그림으로 아빠한테, 세상 사람들한테 뭔가 말을 한 것일지도 모르는데."

박선은 더 이상 이야기하지 않아도 안다는 뜻으로 고개를 끄덕였다. 아빠는 그런 딸의 어깨를 토닥여주었다.

"아빠, 이제야 조금 나아지고 있단다. 사실 그때 펜션에서 고모한테 처음 그런 이야기를 듣고, 내가 방사능 피폭 2세대라는 말을 듣고 많이 힘들었어. 그래서 그렇게 여기저기 아팠구나! 갑자기 불안해지고, 심장이 곧 멈춰버릴 것만 같아 신경안정제를 먹지 않고서는 하루도 버틸 수가 없었단다. 부끄럽게도 그랬어. 근데 우리 딸은, 아빠보다……."

박선은 아빠의 솔직한 고백이 고맙게 느껴지면서도, 왜 이렇게 부담을 주는지 모르겠다고 중얼거렸다.

'아빠, 저도 불안해서 신경안정제 먹고 싶어요. 신경정신과에 가려고 그 병원 건물 주위를 한 시간이나 빙글빙글 돈 적도 있다고요. 근데 의사한테 가면 피폭 3세대라는 말을 숨겨야 하는데, 은연중에 그런 말이 튀어나올까 봐 못 갔어요. 아빠, 저도 앞으로 어떻게 변할지 두려워요.'

그렇게 하소연하고 싶었는데, 말이 나오지 않았다. 그나마 다행스러운 것은 눈을 감자 잠이 왔다는 사실이다.

다음 날 점심 무렵. 박선은 지섭이랑 한 약속 시간에 맞춰 집을 나서다가 불현듯 "아!" 하고 멈칫하면서 하늘을 보았다. 비는 그쳤지만 하늘은 어두웠다. 갑자기 태초의 어둠처럼 검게 변해버렸던 1945년 8월 6일, 히로시마의 하늘이 떠올라서 다급하게 머리를 흔들었다. 언제부턴지 까만 구름만 보면 그 시간이 떠올랐다.

그런 생각으로 잠시 지섭을 잊을 수가 있었다. 그런데 막상 도서관 휴게실에 앉아 있는 그를 보는 순간, 놀랍게도 살이 빠져서 전혀 다른 사람으로 보이는 그를 보는 순간, 괜히 망설여지면서 그냥 돌아가고 싶었다. 그때 지섭이 알아채고 손을 흔드는 바람에 이제는 어쩔 수 없다고 체념했다.

"너도 내 시간 속으로 들어왔었지?"

박선은 그것부터 확인하고 싶었다. 지섭이가 고개를 끄덕였다.

"네가 보낸 고양이 그림을 보면서 네 생각을 했어. 네가 할아버지의 피를 물려받았구나 하고. 근데 어느새 내가 고양이가 되어버렸고, 황당하게도 신해의 과거 시간 속으로 들어가버린 거야. 말도 안 된다고 생각하면서도 인정하지 않을 수 없었고."

박선은 신해의 시간 속으로 언제 들어갔냐고 물었다. 지섭은 어젯밤 7시쯤이라고 했다. 역시……. 신해가 지섭이를 시간여행자로 지목하는 것은 불가능했을 테니, 무조건 박선의 짓이라고 단정할 수밖에 없었으리라.

"아, 신해가 죽으려고 수면제를 한 주먹이나 먹는 것을 보고 아, 어찌나 소름이 돋고……."

충격적인 이야기였다. 그런 일이 있었다니! 얼마나 힘들었으면 그랬을까.

"신해는 화장실에서 찬물로 오랫동안 얼굴을 씻으면서 울었어. '조지, 사랑해. 근데 이제 끝이야! 이런 날 누가 좋아하겠니?' 그러면서 울어대는 거야. 그러고는 곧장 자기 방으로 가서 수면제를 끄집어냈어. 난 그것을 보고 가이드라고 자신을 소개한 그 고양이를 막 원망했어. 왜 나한테 이런 것을 보여주냐고 그랬더니 그 가이드가 '네가 원했잖아' 하는 거야. 난 박선의 마음을 알고 싶다고 했지 신해에 대해서 궁금해하지 않았다고 하자 가이드가 '오늘 보여준 것이 박선하고 아주 밀접하게 관련이 있다구!' 하는 거야. 나는 어이없다고 소리쳤지. 그리고 현실로 돌아와서 잠을 한숨도 자지 못했고, 오늘 아침에 다시 가이드를 만난 거야. 가이드는 용기 있으면 따라오라고 했지. 박선의 시간 속으로 들어간다고 하면서. 난 망설이면서도 따라갔어. 그리고 네가 중학교 3학년 때 산부인과에 갔다 와서 엉엉 우는 장면을……."

그런 말을 하면서 지섭은 눈을 문질렀다. 그 착한 눈동자가 붉게 물들어 있었다.

박선은 그런 지섭을 못 본 체하려고 했다.

"그래, 지섭아. 난 아직 생리도 안 하고 있어. 그리고 우리 할아버지가 히로시마에서 피폭을 당했으니까, 난 그 3세대인데."

"너희 할아버지가 원자병 때문에 마을에서 쫓겨나는 장면도……. 거기까지 가이드가 보여줬어. 나 그것을 보고 너무 마음이 아팠어. 히로시마 피폭 3세대가 내 주위에 살고 있을 줄은 상상도 못 했어. 그건 남의 나라 일인 줄만 알았는데."

지섭은 자신의 모든 감정을 동원해 박선을 위로하려고 했다. 가끔씩 깊은숨을 몰아쉬기도 하면서 알 수 없는 내적 갈등에 시달리는 기색이 역력했다. 코로나 때문인지 20킬로그램이나 빠져버렸다는 지섭은 얼굴도, 눈도, 코도, 귀도, 모두 다 작아진 것 같았다.

"박선! 내가 널 보자고 한 것은 그런 이유도 있고, 또 다른 이유는 널 더 이상 속여서는 안 될 것 같아서. 나 보미랑 사귀거든. 그냥 친구가 아니라……. 내가 코로나로 병원에 들어가서 치료받을 때, 보미가 몇 번 왔지만 직접 보지는 못하고 멀리서만 봤는데, 그때……."

예상은 했다. 아니 어느 정도 각오는 했지만 막상 그의 입에서 그런 말이 튀어나오는 순간 귀가 멍해지면서 아무것도 들리지 않았다. 그만큼 충격적이었다. 박선은 창문 속에서 흔들리는 자신의 긴 머리를 보았다. 가방에서 머리끈을 끄집어내면서 그 긴 머리를 한 가닥으로 묶고는

'제발, 제발, 제발, 제발, 선아, 버텨야 해, 버텨야 해, 제발!'

얼마나 중얼거렸는지 모른다. 힘들 때마다 머리카락을 묶는 것도 박선의 묵은 버릇이었다. 그러고 나면 뭔가 잡념이 사라지면서 중심이 잡혔다. 머리를 묶는 행위는 시간에게 던지는 미끼였다. 그때부터 박선은 동요하지 않고 흐르는 시간을 통제하면서 버틸 수 있었는데, 이상하게도 지금은 시간이 그 미끼를 물지 않았다. 한 공간에서 박선의 시간과 지섭의 시간이 각각 다르게 흐르고 있는지도 모른다.

"그냥 나도 모르게 보미가 보고 싶어지고 그랬어. 그런데 보미도 그랬다면서 나랑 사귀자고 하는 거야. 그래서……."

"키스도 했니?"

엉뚱하게도 그 순간, 그 말이 튀어나가고야 말았다.

"엉……. 19금 해버렸어."

"호, 빠르네!"

박선은 있는 힘을 다해 주먹을 움켜쥐었다가, 묶은 머리를 풀어내면서 맥없이 웃었다. 억지로 웃어주었다. 그것이 친구로서 예의라고 읊조렸다. 그 순간 왜 지섭에게 선물했던 모자가 떠오르는지, 뇌가 원망스러울 정도였다. 곧 핼러윈 데이가 다가오는데, 그 모자를 쓰고 나타난 지섭과 멋진 데이트하는 상상을 더 이상 할 수 없다는 현실. 그 아픈 현실을 받아들여야만 했다. 이제야 박선은 자신이 지섭을 얼마나 좋아했는지, 자신도 모르는 사이에 벌써 남사친과 애인의 경계가 허물어져 있었다는 사실을 뒤늦게 깨닫고는 허탈하게 웃었다.

"지섭아, 솔직하게 말해줘. 그래서 내가 싫어졌니? 그래서? 내가 피폭 3세대고, 언제 알 수 없는 병이 나타날지도 모르고, 눈썹이나 머리카락이 다 빠지고 심지어 눈이 멀 수도 있고, 아니 돌연변이가 되어 이상한 괴물로……. 그래서, 그래서?"

그 말을 끝까지 뱉어내는 데 백 년은 걸린 것 같았고, 한 마디 한 마디가 너무 시렸다.

지섭은 단호하게 고개를 흔들었다.

"아냐, 박선! 제발 그렇게 말하지 마! 그것 때문이 아냐! 난 네가 피폭 3세대라는 것을 오늘 아침에서야 알았어."

그 말을 믿고 싶었다. 그래야만 앞으로 들이닥칠 숱한 시간 들을 버텨낼 수 있을 것 같았는데, 이상하게도 카페를 나오자 박선은 그게 거짓말 같았다.

그로부터 두 시간 뒤에 박선은 미용실에 앉아 있었다.

"어떻게 해드릴까요?"

남자 미용사의 발소리가 들렸다.

"삭발하려고요!"

비장하게 그 말을 뱉어내자 이상하게도 마음이 차분해졌다.

미용사가 깜짝 놀라 뒤로 한 발 물러났다.

"농담이시죠?"

"아니요!"

미용사는 다시 거울 속에서 박선이랑 눈을 마주쳤다. 박선 은 자신이 왜 삭발을 하려고 하는지 알 수가 없었다. 도서관을 나오자마자 지섭이한테 카톡이 왔다. 보미랑 이 문제에 대해 서도 이야기했다면서, 당분간은 서로 카톡도 하지 말자는 내 용이었다. 그러다가 어느 정도 시간이 흘러 편하게 볼 수 있을 때, 그때 카톡을 하자고. 그뿐 아니다. 지섭은 도서관에서 하는 숲의 엔트로피 모임도 당분간 참여하지 않겠다고, 그것이 둘이 결정한 최선이라고 했다.

박선은 하늘 높이 떠 있다가 줄이 끊어져버린 연처럼 허둥거렸다. 새삼 지섭이라는 친구가 얼마나 절대적인 존재였는지 깨달았다. 어쩌면 지섭이를 너무 이기적으로 대했는지도 모른다. 늘 의지하려고만 했으니까. 지섭이 덕분에 여기까지 힘들지 않게 왔다. 이제 누구에게 하루하루 하소연하면서 살아가나? 그런 생각을 하자 울음이 터져버렸다. 박선은 어서 집에 가서 침대에 눕고 싶었다. 지금까지는 그래왔다. 친구들에게 따돌림을 당할 때도, 뭔가 속상한 일이 생길 때마다 침대에 누워 무덤처럼 이불을 뒤집어쓰고 울었다. 그러니까 마음은 어서 집에 가고 싶었는데, 이상하게도 몸이 그 명령을 거부했다. 고양이의 강한 본능이 박선의 몸에서 요동치고 있었다.

고양이처럼 박선은 걷고 있었다. 그렇게 최면에 걸린 듯, 마법에 걸린 듯, 눈빛은 초점을 잃은 채 그냥 하염없이 걸었다. 그러고 보면 걷는다는 것 자체가 살아 있다는 뜻이다. 고양이는 걷지 않으면 죽는다. 태초에 인간도 그랬으리라.

그래, 걷고 싶다. 박선은 걸을수록 자꾸만 자기 몸속 어딘가로 들어가는 기분이었다. 그렇게 걷다가 불현듯 걸음을 멈추었다. 바로 앞에 미용실이 보였다. 그때 바람이 불었고, 순간 박선은 깃발처럼 자신이 흔들리는 것을 느꼈다. 어디로 흔적도 없이 날아가버릴 것 같아서, 박선은 달아나듯이 미용실로 들어갔던 것이다. 그렇게 된 것이다.

그 긴 시간이 잘려나가는 것은 한순간이었다. 너무 짧은 순간이었다. 허탈했다. 미용사가 머리카락을 비닐 팩에다 가지런히 담아주었다.

"손님, 머리통이 참 예뻐요. 귀걸이를 하면 훨씬 예쁠 것 같아요."

그 말이 너무 고마워서, 미용사라는 직업이 이렇게 누군가를 위로해주는 일이구나 하면서 자신도 나중에 누군가를 위로해주면서 살 수 있었으면 좋겠다고 중얼거렸다.

빡빡머리로, 그런 무방비 상태로 마주치는 모든 것들이 낯설었다. 박선은 모자 하나 준비하지 못한 채 일을 저질러버린 자기 자신을 타박했다. 박선은 도움을 요청하듯 하늘만 보았다. 그렇게 나무처럼 서 있었다. 한참 뒤에서야 햇살이 몸속을 어루만지고 있음을 알았다. 빡빡머리로 스며드는 그 따스함에 괜히 눈시울이 울컥했다. 그때 엄마의 전화를 받았다. 이따가 고모네랑 이른 저녁을 먹기로 했다며 어디냐고 물었다. 박선이 다음에 보면 안 되냐고 했더니 고모가 내일부터 출근을 하게 되어 오늘 봤으면 좋겠다는 연락을 받았다고, 어쩔 수 없다고 했다.

에라 모르겠다. 어쩌면 오늘 상상도 못 할 일이 벌어질 수도 있다. 이제부터는 그 모든 것들을 피할 수 없게 되어버렸다.
박선은 입술을 꾹 다물었다.

　고모네 집 앞에 왔다. 대문에 붙어 있는 교회 포스터와 각종
음식점 포스터를 훑어본 다음 박선은 힘껏 초인종을 눌렀다.
　마당으로 나온 신해가 깜짝 놀라면서
　"아니! 너, 너어……."
　제대로 말을 잇지 못했다. 박선은 그런 신해를 무시하고 씩
씩하게 소리쳤다.
　"고모, 저 왔습니다!"
　"엄마, 잠깐 밖에 나갔어."
　신해가 대답했다. 박선은 다시 밖으로 나가려고 했다. 이 좁
은 공간에서 둘이 숨 쉬고 있을 생각을 하니 벌써부터 숨이 막
혔다. 혹시 둘을 화해시키기 위해서 어른들이 작전을 짠 게 아
닐까. 만약 그렇다면 집안 모임이라고 해도 다시는 가지 않을
것이다.
　신해가 이야기 좀 하자고 했다. 박선은 어디 해보라는 투로
상대를 쏘아보았다.
　"너 미쳤구나, 이제. 해도 해도 너무한다. 아무리 내가 밉다
고 해도……."
　"네 멋대로 생각해."

박선이 돌아서자 신해가 가로막았다.

"아무리 그래도 이건 아니잖아? 이건 인간으로서!"

순간 박선은 고양이가 떠오르면서 소변을 갈겨주고 싶었다. 그녀가 엽기적이라고 소리치든 말든.

"뭐, 인간으로서? 대체 무슨 말을 하고 싶은 거냐? 다시 말하지만 난 너한테 거짓말한 적 없다! 네 시간 속으로 들어간 사람은 내가 아니라 지섭이였어. 궁금하면 직접 물어보시든가!"

"알아. 조금 전에 지섭이한테 연락이 왔어."

신해는 약간 고개를 떨궜다가 다시 박선을 쳐다봤다. 그 눈동자가 묘하게도 붉어지고 있었다. 순간 지섭의 붉은 눈이 떠올랐고, 박선은 고개를 돌렸다. 그런 눈빛은 더 이상 보고 싶지 않다.

"그럼 됐고. 내가 삭발한 것도 너하고는 상관없어. 그러니까 비켜!"

그래도 신해는 물러나지 않고 그렁그렁해진 눈에서 주르르 눈물까지 흘려내더니

"미안해. 너한테 화낸 것에 대해서, 그건 사과할게. 근데 너도 지섭이한테 들었겠지만, 아무리 내가 밉다고 해도 어떻게 이럴 수가 있니? 너 일부러 나를 조롱하려고 그런 거잖아. 넌 이렇게 삭발해도 시간이 지나면 머리가 자라겠지만 난,

난……."

신해는 갑자기 두 손으로 자기 머리를 잡았다.

"어어!"

순식간에 일어난 일이었다. 신해의 긴 머리카락이 아래로 떨어졌다. 그 순간 뭔가 와장창 깨지는 듯한 소리와 동시에 누군가의 아우성이 고막을 난타하는 것 같았다. 신해가 살아온 수많은 시간이 추락하여 박살이 나는 것 같았으니까. 박선은 멍하니 땅에 떨어진 신해의 가발만 내려다보았다.

"진짜 몰랐어? 내 시간을 엿본 지섭이가 말 안 했어?"

신해가 그렇게 물어도 박선은 그녀의 빡빡머리를 쳐다보지 못했고, 땅에 떨어진 그 흐르지 않는 시간만 내려다보았다. 그것이 신해의 진짜 모습 같아서 얼마나 소름이 돋았는지 모른다.

"신해야, 이게 어떻게 된 거야?"

"지섭이가 말 안 했구나! 나 사실은……."

신해는 소아암 치료를 받으면서 머리카락이 빠지기 시작했다. 수많은 치료를 받아도 탈모를 치료하지 못했다. 가발을 쓰지 않고서는 생활이 불가능해질 만큼 탈모 현상이 심해졌을 무렵, 시간여행 가이드가 찾아왔다. 중학교 1학년 봄이었다.

"그 가이드는 내가 기억하지 못하는 어린 시절의 시간 속으로 나를 끌고 다녔고, 그다음에는 아빠랑 외삼촌, 엄마의 시간 속으로 끌고 다녔어. 난 조급했고, 내가 알고 싶은 시간 속으로 당장 들어가고 싶었지만 가이드는 차근차근, 정해진 계획대로 가려고 했지. 처음에는 왜 나한테 이런 여행을 하게 하는지 몰랐어. 그러다가 외할아버지가 징용 당하는 장면을 보는데, '일본으로 징용 당했다면 혹시 히로시마나 나가사키에 터진 원자탄하고 관련이 있지 않을까?' 그런 생각이 들었지. 나는 시간여행에서 돌아오자마자 원자병에 대해서 알아봤는데, 그게 내 몸에서 나타났던 병이랑 거의 똑같았어. 그래서 확신하게 된 것이고, 겁이 나서 시간여행을 포기한 거야. 도망쳐서 아무것도 모르는 것처럼 살고 싶었는데, 가발이 주는 스트레스는 점점 더 커졌어. 언제 벗겨질지 모른다는 불안감이 얼마나 무서운지 넌 상상도 못 할 거야. 그래서 저번에 보미가 왔을 때도 같이 잘 수가 없었던 거야. 혹시 자다가 가발이 벗겨질까 봐. 그날도 그런 거야. 네가 내 시간 속으로 들어와서 본 그날, 조지랑 공원에서 놀다가 가는데 갑자기 비바람이 불었지. 그날은 돌풍까지 불었는데, 그만 버스 정류장에서 가발이⋯⋯. 조지 앞에서 내 비밀이 발가벗겨진 날이었고, 그건 진짜 감당하기 힘들었어. 수면제를 한 주먹이나 먹고 사흘 만에 깨어났지만 솔직히 살아갈 자신이 없었어. 그때부터 어서 나이 들어버렸으면 했어. 나이 드신 분들 보면 진짜 부러워지더라고. 그분들도 각자 다 이러저러한 일로 힘드셨을 텐데, 어떻게 이겨내고 저런 나이가 되도록 살아남았을까? 난 저렇게 살아남을 수 있을까. 솔직히 지금도 자신 없어, 살아갈 자신이."

언제부턴지 박선의 볼에도 눈물이 흘러내렸다.

"신해야, 미안해. 난 그것도 모르고."

"이 바보야, 나한테 미안해할 거 없어. 너는 나랑 다른 몸이지만 불행하게도 같은 몸이기도 해. 우리 몸에는 리틀 보이의 피가 흐르고 있으니까. 그래서 널 만났을 때, 또 다른 나를 보는 것만 같아서 편하지 않았고, 말도 하기 싫었고, 쳐다보기도 싫었어. 그냥, 그냥. 그놈의 코로나만 아니었으면 보지 않았을 거야. 그러면서도 넌 몰랐으면 했어. 안다고 해결되는 것도 아니잖아? 오히려 더 힘들어지기만 하지. 모든 걱정과 불안을 한꺼번에 싹 치료해주는 약이라도 있다면 모를까. 그래서 넌 몰랐으면 했던 거지. 난 어차피 포기했으니까, 그냥 될 대로 되라고 살아가지만 넌 공부도 잘하고 탈모 현상도 없고 정상적인 생활이 가능하잖아?"

신해의 말이 아프게 고막으로 파고들었다. 박선은 무슨 말이든 하려고 했으나 이상하게도 입이 굳어졌다. 한 마디도 내뱉을 수 없었다.

"그때 진짜 많이 울었어. 선, 네 시간 속으로 들어갔다가 네 비밀을, 아직 생리가 시작되지도 않았다는 것을 안 순간 어른들이 원망스럽기도 했고. 왜 결혼해서 아이를 낳아가지고 이런 고통을 주나 하고."

박선은 눈앞에 있는 신해가 한없이 커보였다. 나이 들어 늙고 초라한 인간이 아니라, 뭔가 영적인 기품이 우러나는 늙은 나무 같은, 그런 거목이 눈앞에 아른거렸다. 그러면서 신해한테 의지하고 싶은 마음, 미안한 마음이 한꺼번에 끓어올랐다.

"신해야, 솔직히 나도 모르겠어. 내가 어떻게 살아갈지. 겁이 나고 엄청 두렵고. 난 지금까지도 계속 도망치면서 살아왔거든. 초등학교 때 친구들한테 왕따를 당해서 고립된 뒤부터는 친구들 눈빛이 조금만 이상해도 도망치려고 했는데, 그러다 보니 도망치고 피하는 데 선수가 되어버렸어. 이제 그 짓도 지쳤고, 도망칠 곳도 없고."

박선은 솔직하게 자기 내면을 보여주고 싶었다. 자꾸만 떠오르는 지섭의 얼굴을 지워내려고 은연중에 입술을 깨물면서.

신해는 아이처럼 가만히 있다가 눈물을 닦으면서 박선을 보았다.

"선아, 나도 그랬어. 계속 도망치듯이 살아왔다구! 그래도 죽지 않고 살아 있는 것이 다행이라고 생각해. 머리만 빼고는 살아가는 데 불편하지 않으니까. 근데 넌 다르잖아? 바보야, 다시는 삭발할 생각 말고."

박선은 두 손으로 정수리를 문질렀다. 그래도 처음보다는 손바닥으로 전해지는 그 낯설음이, 그 까끌거림이, 조금이나

마 무뎌져 있었다.

"신해야, 너한텐 미안하게 됐다만 이게 뭐가 중요하다고 그래. 내 머린 다시 자라잖아. 그러니까 괜찮아! 나중에 말해줄게, 왜 삭발했는지. 지금 나한텐 그 이유가 가장 크고 힘들거든."

그제야 신해는 더 이상 말하지 않아도 다 알겠다는 표정으로 고개를 끄덕였다. 신해가 박선의 어깨를 툭 쳤다.

"바보야, 미래는 중요하지 않아. 적어도 예전만큼 머리가 자라려면 얼마나 많은 시간이 필요한데, 그 시간 동안 버텨야 하잖아? 그래도 버틴다고 생각하지 마. 그럼 힘들어져. 그냥 살아가야 해. 살아가는 거랑 버티는 건 다르다는 거 알지? 넌 총명하니까!"

늘 고질적인 불안과 외로움에 잠시도 편안해본 적이 없었던 신해의 마음속에서는 뭔가 체념을 거부하는 거친 숨결이 느껴졌다.

"그래, 버티려고 하지 않고 살아갈게. 힘들면 힘들다고 소리치고, 울고 싶으면 울고, 좋아하는 애 생기면 좋다고 말하고. 너도 그래야지, 바보같이 어서 할머니 되고 싶다고 하지 말고."

신해가 희미하게 웃어주었다. 아, 그녀의 왼볼에 보조개가 피어 있었다. 그걸 왜 지금까지 보지 못했을까. 박선은 새삼

자기 왼볼에 숨어 있는 보조개를, 마치 손톱 밑에 박힌 잔가시를 뽑아내듯이 떠올렸다.

에필로그

봄날, 그러니까 신해의 생일날은 아침부터 부드러운 비가 세상을 적시고 있었다. 박선은 이상하게도 귀한 대접을 받는 기분이었다. 그 말에 신해가 고개를 끄덕이면서 나무처럼 비를 맞고 싶다고 어찌나 무모한 눈빛을 휘두르던지, 그때마다 달착지근한 음식으로 달래고 달래서 저녁까지 먹은 뒤에야 헤어졌다.

아무튼 박선의 머리카락으로 만들어진 가발을 선물 받은 신해는

"고맙다! 그동안 네가 힘들게 살아온 시간이 나한테 왔으니, 그 시간들 더 소중하게 쓰면서 살아갈게."

그러면서 이제야 봄의 곁으로 돌아온 기분이라고 했다.

집에 오자 겨우내 침묵하고 있던 게발선인장이 붉은 꽃을 터트렸다. 박선이 그것을 찍어 신해한테 보낼 때 누군가 현관문을 두드렸다. 놀랍게도 하얀 고양이였다. 어느새 박선도 노란 고양이가 되어 있었다. 거실로 들어온 고양이는 박선의 얼굴에다 자기 볼을 비볐다.

"선아, 괜찮아?"

"안 괜찮은 게 뭐가 있겠니? 머리를 빡빡 민 후로 부모님을 비롯해서 세상 모든 사람들이 날 보는 눈빛이 달라진 것 같지만. 근데 신경 안 써."

박선이 머리를 삭발한 뒤로는, 어쩌면 걷기를 좋아하면서부터는, 자기 몸속에서 돋아나는 속삭임이 들리는 것 같았다. 그것이 뭐냐고 묻는다면 딱히 뭐라 할 말은 없었다. 그래도 이제는 하루하루가 두렵지는 않다고 말할 수 있었다. 그러니까 살아가는 만큼 스스로 속삭이는 자기 목소리에 귀를 기울면서 하루하루를 맞이하고 싶다. 그렇게 살고 싶다.

그 말을 들은 고선생은 고개만 끄덕끄덕하더니 낮게 말했다.

"박선, 아직 시간여행 프로그램이 남아 있기는 한데 지금 상태로 봐서는 굳이 남은 일정을 하지 않아도 될 것 같아."

박선도 시간여행에 대한 열망이 한풀 꺾인 것은 사실이다. 그래도 일정이 남았다면 마무리를 지어야 하지 않는가. 그렇게 마음속으로 정리를 하고 있었는데, 고선생이 혼잣말에 가깝게 중얼거렸다.

"난 죽어서 저승으로 갔지. 암튼 그곳은 또 다른 세상이었고, 영혼들은 또 일정한 시간을 살아야 해. 어디서든 살아간다는 것은 무엇인가 일을 해야 한다는 뜻이야. 그곳에 온 인간들도 일에 대해서 고민했지. 특히 이승에서 권력을 가지고 살아온 인간들, 판검사처럼 인간이 인간을 단죄하는 엄청난 특권을 만끽해온 자들은 새로운 일을 찾지 못해 힘들어하기도 했지. 왜냐면 그곳에서는 권력을 휘두를 수가 없거든. 누군가를 단죄하는 일은 신들이 하고, 정치도 신들의 몫이고, 누군가를 치료하는 일도 신들이 하기 때문이야. 나도 수많은 일을 찾아다니다가 시간여행 가이드 올빼미를 만났어. 올빼미 선생이 이렇게 말했지. '이 일은 주로 어둠의 시간을 즐길 줄 아는 생명체들이 하는 것입니다. 주로 올빼미나 부엉이 그리고 고양이들이 하지요. 아, 인간은 제외입니다. 만약 인간이 이 일을 하게 되면 나쁜 목적으로 이용하기 때문입니다. 시간여행 가이드는 아주 중요한 일을 합니다. 이승에서 살아가는 온갖 생명체들의 시간 속으로 들어가서, 그들의 아픈 시간을 위로해주는 일을 합니다.' 그 말을 듣자 시간여행 가이드라는 일을 하고 싶었어."

고선생은 가이드에 대한 공부를 했고, 드디어 시간여행 가이드 자격증을 따게 되었다. 그때부터 고선생은 히로시마와 나가사키에서 피폭을 당한 한국인들을 위한 시간여행 프로그램을 개발했다. 그러다 보니 소문이 나서 자연스럽게 그런 분들이 의뢰를 해왔다.

"신해랑 너를 시간여행자로 의뢰한 사람이 누군지 궁금하지? 며칠 전 의뢰인을 만나서 이 문제를 의논했는데, 처음에는 반대하시더니 나중에는 알아서 하라고 하시더군. 그래서 나도 고민하다가 공개하기로 한 거야. 그분은 바로 박윤, 네 할아버지야."

박선은 고개를 갸웃했다. 뜻밖이다. 할아버지는 살아생전에 원자병 때문에 고향에서도 쫓겨났으며 형제들한테도 버림을 받았다. 아버지와 고모한테도 철저하게 감추고 살다가 가셨다. 그런데 사후 세계에 가서서 손자들에게 그런 사실을 알리고 싶어 했다는 것은 논리적으로 맞지 않는 게 아닌가.

"박선, 나도 처음에는 그것이 이해가 되지 않았지. 그런데 박윤이 그러는 거야. '원자병 때문에 힘들었다. 고향과 조국이 원망스럽고 형제들까지 등지고 살았다. 근데 죽고 나서 돌아다니니까, 그게 옳은 게 아니었음을 깨달았다.' 특히 그곳에서 여러 피폭자들을 만나면서 생각이 바뀌었대. 원망하고 숨기면서 살아가는 것은 문제 해결에 하나도 도움이 되지 않는다고. 그러면서 이렇게 덧붙이더군. 앞날을 내다보는 지혜, 즉 나이가 들면 그런 눈을 갖게 되는 줄 알았는데, 그게 아니더라고. 나이가 들수록 살아가는 문제에 더 얽매이고, 인간 특유의 욕망에 이끌려 이기적으로 변하게 되더라고. 그래서 시간여행자 티켓을 이미 어른이 되어버린 아들과 딸에게는 줄 수가 없었다고. 그것을 지혜라고까지 할 수는 없지만, 오히려 어린 아이였을 때가 세상을 바라다보는 눈이 맑고 욕망에 이끌리지 않아서 지혜롭게 생각할 수 있다는 확신이 들더라고. 그래서 어린 손녀딸들을 더 믿고 선택하게 되었다고."

잘은 몰라도 그런 할아버지의 마음이 고맙다고 박선이 말했다. 하얀 고양이가 고개를 끄덕였다. 그러고는 시간여행자였던 신해 때문에 아슬아슬했던 순간이 떠오른다고 말했다.

"신해가 자살을 시도했을 때, 이 일을 그만두고 싶었어. 만약 시간여행자가 잘못되면 가이드는 영혼이 사멸되는 끔찍한 벌을 받거든. 근데 박윤은 의외로 담담한 거야. 신해는 절대 죽지 않아. 신해는 수면제 한 주먹을 입 안으로 털어 넣으면서도 죽고 싶지 않았다고, 그래서 비타민제를 절반 이상이나 섞어서 먹었다는 사실을 넌 모르지? 죽고 싶지 않았던 거야. 요즘 아이들은 우리보다 더 강해. 우린 먹고살기 힘들어서 주위를 볼 여력도 없었지만 지금 아이들은 보다 넓은 세계를 보고 살아간다고. 그런 아이들에게 진실을 알려주는 것은 당연한 일이라고. 그 말까지 듣고 나서야, 더 이상 망설이지 않고 널 찾아온 거야."

그 말을 들으면서, 박선은 자신을 믿어주어 고맙다는 뜻으로 그 고양이한테 볼을 비벼댔다. 그러다 보니 소년 박윤이 아스라이 떠올랐다. 그런 마음을 알았는지 하얀 고양이가

"할아버지 보고 싶지?"

불쑥 쳐다보았다. 박선이 고개를 끄덕였다.

"이제 시간여행은 마지막 프로그램만 남은 상태야. 이 코스는 의뢰인이 정한 거지. 난 빼고 싶었지만 의뢰인이 끝까지 요구하더군."

고선생이 일어났다. 박선의 몸도 가벼워지면서 붕 떠올랐고, 곧이어 눈앞에 둥글둥글 초가집들이 강가에 모여 사는 마을이 보였다.

두 사람이 걸어가고 있었다. 할아버지와 할머니였다. 그들은 아이들의 메아리가 숨어 있는 구불구불 골목을 지나 사립문마저 기울어진 초가집으로 들어갔다.

할아버지가 헛기침을 하자 부엌문이 열렸다. 고선생이 단발머리 소녀를 보면서 송치수의 여동생이라고 귀띔해주었다. 아무리 후하게 나이를 쳐준다고 해도 열 살 이상은 쳐줄 수 없었다. 안방 문을 열자마자 강렬한 냄새가 달려들었는데 꼭 불심 검문을 당하는 기분이었다. 아랫목에 누워 있는 송치수의 냄새일 수도 있고, 시렁에 주렁주렁 달려 있는 메주 냄새일

수도 있고, 오래된 흙벽 냄새일 수도 있고, 마른 풀 냄새일 수도 있고, 구들 사이로 새어나오는 연기 냄새일 수도 있다. 송치수는 어떤 고통으로 빚어진 마모된 돌 같은 모습이었다. 그 눈빛은 이미 텅 비어 있어서 삶과 죽음 따위는 이미 초월한 듯했다.

"형님, 몸은 좀 어떠십니까?"

송치수는 종착역을 앞둔 기차인 양 거칠게 숨을 몰아쉬면서도 편안하게 미소 지었다.

"난 뼛속까지 녹이 슬어 머잖아 저승에 있는 고물상으로 갈 몸이고, 또 살 만큼 살았고. 지금도 한 시간 혹은 하루가 길다고 생각하는데 지난 세월을 돌아다보면 어쩜 40년이란 세월이 그리 짧게 느껴지는지. 동생, 그나저나 와줘서 고맙네. 제수씨, 고맙습니다."

박윤의 아내는 손으로 눈시울만 문질러댔다. 그러다가 아기 울음소리가 벽을 진동하면서 밀려들자 슬그머니 몸을 일으켰다. 아내가 사라지자 박윤은 한 달 전에 또 유산했다고 한숨을 내뱉고, 또 내뱉었다. 그의 입은 어느새 한숨을 찍어내는 공장으로 변해버렸다.

"형님, 원자병에 걸렸다고 해도 난 남자라서 괜찮을 줄 알았어요. 여자들만 유산하거나 이상한 아기를 낳는다고 들었는데, 그게 아닌가 봅니다. 형님, 우린 어떻게 살아야 합니까?"

송치수는 아주 짧고 깊게 한숨을 내뱉었는데, 수억 년의 세월 속에서 흘러나오는 것처럼 뼛속까지 울렸다. 송치수가 박윤의 손을 잡고 토닥여주었다. 누가 누구를 병문안 온 것인지 헷갈렸다. 박윤이 환자인 송치수보다 더 불안한 눈빛이었다.

"그래서 동생을 부른 거네. 동생, 우리가 피를 나눈 사이는 아니지만, 난 자네를 진짜 친동생 이상으로 생각한다네. 여보게, 동생. 난 이제 머잖아 다른 세상으로 가야 한다네. 근데 저 아기들이……. 아내가 갑자기 사고로 죽고 나서 몇몇 친척들에게 부탁해봤지만, 내가 원자병에 걸렸다고 아무도 입양하려고 하지 않는다네."

아기 울음소리가 잠잠해졌다. 그 사소한 것이 기적 같았다.

송치수는 흐뭇하게 웃었다. 그것 보라는 듯이.

"여보게, 부탁이네. 자네가 저 아기들을……. 아직 둘 다 호적에도 올리지 않았으니 자네 호적에다 그대로 올리면 될 것이네. 난 아무 욕심 없네. 그저 이 아기들이 잘 자라주기만 하면."

그 순간 박선은 정신이 멍해졌다. 자꾸만 어떤 순교자처럼 느껴지는 송치수를 다시 보려고 했지만, 어느새 그 얼굴이 흐려졌다. 그렇다면 박선에게 생물학적인 유전자를 전해준 진짜 할아버지는 박윤이 아니라 송치수라는 뜻이 아닌가.

박선이 고선생을 불렀다. 그는 조용히 쳐다만 보았다. 오늘

따라 그 눈이 우물처럼 깊고 맑았다.

"이것이 가이드가 보여줄 마지막 여행 프로그램이야."

어느새 그들은 박선네 집 거실로 돌아와 있었다. 고선생은 뒷발로 중심을 잡고 일어서서 박선을 보았다. 역시 고양이한테는 불편한 자세였다. 수많은 애니메이션에 등장하는 직립하는 고양이의 모습이란, 사실 인간이 네 발로 땅을 딛는 행위보다 훨씬 더 억지스러운 자세임을 이제는 확실하게 알겠다.

"어쨌든 시간여행을 마칠 수 있게 되어 너무 다행이야. 이렇게 시간여행을 마친 것은 네가 처음이거든. 그만큼 네가 용기 있는 사람이라는 뜻이야."

그러면서 오른쪽 앞발을 뻗어 악수를 청하는 순간 고선생이 왜 불편하게 일어섰는지 그 이유를 깨달았다. 박선은 고양이 식으로 서로의 볼을 비비는 것이 더 좋겠다고 생각했다. 그래서 악수를 하자마자 네 발로 기어가서 그의 이마와 다리에다 볼을 비볐다. 그동안 훌륭한 가이드 역할을 해주어 고맙다는 말도 또박또박 하면서.

"이야, 할아버지가 한 분 더 생겼으니 그것도 좋은 일이고."

박선이 그렇게 말했다. 고선생은 따뜻한 혀로 그녀의 볼을 몇 번 핥아주더니

"너랑 같이했던 시간들을 잊지 못할 거야!"

소파 밑으로 걸어가다가 뭔가 빠트렸다는 듯이 되돌아왔다.

"박선, 가장 중요한 말을 빠트렸네. 자, 지금까지 네가 여행했던 모든 시간들을 다 지우고 싶다면 지금 말해. 그럼 가이드인 내가 깨끗하게 지워주고 떠날 테니까!"

"아니! 그것을 어떻게 버릴 수가 있겠니? 버티는 게 삶의 일부는 될 수 있겠지만 전부는 될 수 없잖아. 걱정 마. 힘들 때도 있겠지만…… 힘들면 힘들다고 생색내면서 울고, 소리치고, 그러면서 살 테니까! 나랑 같은 다른 원폭 3세대들도 그랬으면 좋겠어. 너무 버티려고 하지 말고. 아 참, 나도 잊은 게 있어. 가이드에 대한 평가를 하려면 어떻게 해? 무슨 여행 사이트라도 있으면 좋을 텐데. 그래야 고선생에 대해 씹기도 하고, '좋아요'도 눌러줄 수 있을 텐데."

그 말에 고선생은 그곳 의뢰인들이랑 같이 진지하게 고민을 해보겠다고 하고는 꼬리를 세운 채 부르르르 떨다가 소파 밑으로 사라졌다.

박선은 한동안 고선생이 사라진 소파 밑을 보고 있다가 무릎 아래 떨어져 있는 엽서 크기의 종이를 보았다.

하얀 고양이랑 박선이 악수하는 장면이 그려져 있었다. 비록 연필 선으로만 그려져 있지만 워낙 선명해서 그림이 숨을 쉬는 것만 같았다.

박선은 그것이 박윤 할아버지의 그림이라는 것을 알았고

"할아버지, 아니 뭐라고 불러야 하나요? 그냥 작은 할아버지라고. 아니, 아니, 그냥 할아버지라고 부를래요. 송치수 할아버지를 큰할아버지라고 하면 되니까요. 암튼 할아버지 감사합니다!"

꾸벅 절을 했다. 그러자 그림이 지워지면서 어느새 고양이 문양이 드러났다. 동시에 상형 문자가 새겨지더니 '시간여행이란 오래된 시간 속에서 미래를 찾는 것이다'라는 인간의 언어로 변했다. 그 끝에는 '시간여행 가이드 고선생'이라는 말이 적혀 있었다. 박선이 그것을 만졌다. 반짝반짝 몇 번 파란빛이 깜빡였다. 그와 동시에 고양이 문양과 그 글자들이 사라져버렸고, 노란 고양이가 네 발로 기어가서 하얀 고양이의 다리에다 볼을 비벼대는 그림이 드러났다.

시간여행 가이드, 하얀 고양이

2002년 3월 22일, 김형률(1970-2005)은 우리나라에서 처음으로 자신을 원폭 피해자 2세 환자라고 밝혔다. 김형률의 커밍아웃은 '핵폭탄 피폭에 따른 유전 문제'를 우리나라와 일본 등에서 국제적으로 공론화하는 실마리가 되었다.

공교롭게도 그날 나는 고향에서 돌아오고 있었다.

그 뉴스를 접하자마자 갑자기 멍해지면서 누군가의 얼굴이 떠올랐다. 다소 긴 단발머리에 유달리 얼굴이 창백했던 소녀가 떠오르고, 뒤이어 그림자처럼 희미하게 그녀의 아버지가 떠올랐다. 동그란 패랭이를 쓰고 얼굴 전체를 마스크로 가린 그 사람을 우리는 문둥이라고 불렀다. 그 사람은 분명 눈을 뜨고 있었다. 그런데도 긴 대나무 막대기를 들고 곤충의 더듬이처럼 길바닥을 더듬으면서 걸어갔다. 우리 마을 근처에 있는 깊은 산골에 사는 그 사람은 늘 혼자였지만, 가끔은 그 단발머리의 소녀가 동행하여 길잡이를 했다.

아이들은 그 사람만 보면 도망쳤다. 당시에는 문둥이가 아이들을 잡아먹는다는 괴담이 마을마다 다 퍼진 상태였다. 어른들도 그 사람이 나타나면 길을 피해주고, 절대 가까이 가지 말라고 했다. 초등학교 고학년 남자아이들은 그 사람이 나타나면 돌팔매질을 하고 달아나기도 하였다. 그때마다 그 사람은 제자리에 쪼그리고 앉아서 알 수 없는 소리를 고래고래 질러댔다.

한번은 단발머리 소녀랑 같이 그 사람이 나타났다. 우리는 숲에 숨어서, 팔매질이 가능한 사정거리에 그 사람들이 들어올 때까지 기다렸다가 일제히 돌팔매질하였다. 그리고 "아악!", "아부지이!" 뭐 그런 소리가 들렸다. 그 소녀가 돌에 맞아 쓰러진 것이다. 당황한 우리는 깊은 산으로 도망쳤다. 그날 저물녘에, 나는 다시 그 사람들을 보았다. 장에서 돌아오는 그 사람들이랑 마주치고야 만 것이다. 그 사람은 패랭이를 눌러쓰고 있어서 얼굴을 볼 수 없었지만, 소녀의 얼굴에는 깊은 상처가 나 있었다. 나는 소녀를 쳐다볼 수 없었다.

그로부터 몇 년이 흘렀을 때, 그들이 문둥이가 아니라 원자병에 걸린 사람들이라는 말을 들었다. 부끄럽게도 나는 그때까지 원자병에 대해서 알지 못했다. 그 사람은 가족을 데리고 어디론가 떠난 상태였다. 나는 마을 형에게 원자병이 일본 히로시마나 나가사키에 터진 원자 폭탄 때문에 생긴 병이라는 사실을 들어 알게 되었다. 그랬을 뿐 특별하게 그 사람들을 동정하지도 않았다. 마을 어른들도 그 사람들이 떠나서 마음이 놓인다고 말했다.

그때까지도 사람들은 원자병이 무서운 전염병이라고 생각했다. 문둥이가 되게 하는 나병보다 더 무서운 병이라고 말하는 분도 있었다. 나 역시 그 사람들을 까마득한 과거 속에다 묻어두었다. 그러다가 김형률의 뉴스를 접한 것인데, 이상하게도 가슴이 물컹해지면서 그 소녀의 얼굴이 눈앞에서 잡힐 듯 떠올랐다.

그제야 이 엄청난 역사가 멀지 않은 곳에 존재하고 있었음을 알았다. 그러면서 가슴이 아프고, 그 소녀에게 미안해졌다. 그때부터 나는 이 이야기를 쓰려고 했다.

이 이야기는 내 어린 시절, 그 소녀에게 바치는 사과의 편지다. 내 또래였던 그 소녀는 지금 어디에선가 원자병을 달래면서 외롭게 살아가고 있을 것이다. 또한 이 이야기는 어른이 된 그 소녀에게 드리는 연대의 노래다. 조금 늦었지만 이제라도 그 소녀를 위로해주고 깊이 노래하고 싶다.

나는 이 이야기를 쓰면서 조금도 민족주의적인 입장에서 다가서려고 하지 않았다. 그저 핵무기와 살아 있는 생명들에 대한 이야기만 쓰려고 하였다.

내가 시간여행 가이드로 하얀 고양이를 내세운 것도, 인간이 만든 핵무기 때문에 죽어간 수많은 생명을 언급하고 싶었기 때문이다.

다만 안타깝게도, 작가로서 내 능력이 닿지 않아 다른 생명들 입장에서 핵 문제를 다루는 것에 너무도 큰 한계가 있었음을 인정한다.

이 아쉬움은 다음 기회에 좀 더 깊게 다루고자 하니, 히로시마와 나가사키에서 죽어간 헤아릴 수 없을 만큼 수많은 생명들이여! 부디 이해해주기를 바란다.

해마다 꽃이 피고 푸르러지지만,
그 푸르름이 늘 새롭게 느껴지는
2022년 여름 어느 날, 이상권.

시간여행 가이드, 하얀 고양이

© 이상권, 2022

초판 1쇄 발행일 | 2022년 8월 12일
초판 2쇄 발행일 | 2023년 10월 20일

지은이 | 이상권
펴낸이 | 사태희
편   집 | 최민혜
디자인 | 권수정
마케팅 | 장민영
제   작 | 이승욱 이대성

펴낸곳 | (주)특별한서재
출판등록 | 제2018-000085호
주 소 | 08505 서울특별시 금천구 가산디지털로2로 101 한라원앤원타워 B동 1503호
전 화 | 02-3273-7878
팩 스 | 0505-832-0042
e-mail | specialbooks@naver.com
ISBN | 979-11-6703-055-9 (43810)